亜那鳥さん

森 榮枝

編集工房ノア

「亜那鳥さん」　目次

装幀　森本良成

モルダウ川のさざ波

バーバラ　I

一九九〇年九月。

東ベルリンのウンター・デン・リンデン通りに面した同名のホテルの前にバスを横付けすると、ハインツは頑丈な肩にものをいわせて十四個の大型スーツケースをフロントに運びこんだ。最後の一つを運び終えて、

「これが最後です」

と言うと、

「これで全部？」

添乗員ニシダの目が眼鏡の奥で大きくなったように見えた。

「えっ、足りない？」

一度確かめたはずのバスの横腹の収納庫をもう一度開けて調べたが、自分用のボストンバッグが一つのこっているだけで、結局スーツケースはニシダの言う十九個に五個も足りない。

ハインツは、

(ぬかったな)

と思った。やっぱりバーバラのことが心のどこかに引っかかっていて気配りがおろそかになったのだ。

日本人たちは規則で決まってでもいるかのように、皆揃ってキャスター付の大型スーツケースを持ってきている。彼らの団体なら人間の数だけきっちり荷物があって当然だということを、知ってはいたのにうっかりしていた。客は十九人、スーツケースは十四個。ちょっと少ないな、と思いはしたのだが、収納庫の扉を下ろすとき、

「これだけですか?」

とドイツ語で聞いたら、誰かが、

「はぁい」

と言った。なまじ日本語の「はい」を知っていたのもまずかった。日本人は、もう車

外には残っていない、という意味で「はい」と言ったのだろうが、あの時、西ベルリン空港で他の団体の荷物にまぎれていたのかもしれない。

もしその前の乗り継ぎ空港フランクフルトに残っていたとしても、あの時にハインツが気付いていれば、フランクフルトと西ベルリンなら電話は直通だし時間も経っていないから、もっと探しやすかったに違いない。

人数と荷物の数のチェックは添乗員の仕事で、運転手には責任はないが、実際に自分の手で積み込んだ者としては気になることだった。

時刻が遅いので、客はそのまま食堂へ通されテーブルについていたが、大方は時差ぼけと長距離の飛行疲れでぐったりしていた。

今、東ベルリンはサマータイムで午後八時だ。日本はもう夜中の三時なのだから、昨日そこから抜け出してきた体が自然に眠りを欲しても無理はない。

しかし、ニシダはさすが職業柄、慣れたものだ。「オカッパ」と日本人たちがいう髪型をした小柄な彼女は、ここでは童女にしか見えないが、どうしてなかなか有能で、疲れも見せずに動きまわる。

食堂で客の飲み物の世話をし、ウエイターと食事の打ち合わせをし、と思うとフロントで消えた荷物のことをあちこちに問い合わせている。

『西側』とは電話が直接通じないのでもどかしがっている。西ベルリン空港など、国境さえなければ車で一走りの所なのに、荷物が有るのか無いのか、ただそれだけのことがなかなかつかめないのだ。

東ベルリンの担当ガイドが来た。ニシダは彼女とも打ち合わせをし、両替のこと、部屋割りのこと、明朝の予定など、客にこまかく伝える。

スープが出て、サラダが出て、そのあとちょっとキッチンが手間取っている間に、ハインツは中座してフロントへ行き、係員に言ってみた。

「『西』と連絡をとっているんだろ？　こっちもちょっと頼めないかな。家に急用ができたんだ。フランクフルト。空港と同じ局番なんだが……」

係員は、自分たちと同じ民族で、しかし今は制度の異なる『外国人』であるハインツを複雑な表情で見たが、ふっと目をそらせて、

「ナイン（だめだ）」

と一言、すまなさそうな顔さえせず、とりつくしまもなかった。

バーバラは、大型バスの運転という夫の仕事を大切に思っていて、家を出る前に怒ら

せたりしないように気をつけている。それはハインツにもよく分かっているから、こちらもできるだけ彼女の心遣いに応えているつもりだったのに、今朝は、ふと、夫婦の気持ちの歯車がずれて、あんなことになってしまったのだった。言葉のはずみだった。悪かったな、と思う。バーバラの方もそう思っているかもしれない。『東側』へ入る前にちょっと電話をしておけばよかったと今になって思うが、国境を越えるまではまだ感情が波立っていて、こちらが悪かったとは思えなかったのだ。連絡ができないとなるとますます気になるものだがもう仕方がない。五日後に『西側』へ戻れる日を待つしかない。

客室係らしい男が事務長らしい男のところへ来て、暖かい国から来た日本人たちのために少し早いが暖房を入れようかと相談している。九月になったばかりだというのに今夜は冷える。ハインツは係員に両掌を上向きにひろげて見せて（あきらめた）という意思表示をし、食堂へもどった。

通路の窓ガラスに白い点線が幾筋も斜めに走っている。雨になったようだ。

テーブルには、ジャガイモや白豆の煮込みと焼肉などが出ていて、日本人たちは量の多さに驚いていた。

朝になると雨は止んでいた。昨夜ぐったりしていた日本人たちは一晩寝ただけで元気を取り戻し、賑やかにしゃべりながら朝食をとっている。ニシダによれば、スーツケースが見つかったという連絡が入ったので、お互いに喜び合っているのだそうだ。

今日はブランデンブルグ門、モリ・オーガイが住んでいた家、ペルガモン博物館などを見て、そのままポツダムへ行く予定だったが、五個のスーツケースが昼ごろこのホテルに着くというので、一旦ホテルへ帰り、ここで昼食をしてから次の町へ移動することに予定変更となる。

クリスチーネ

分厚い本を半ば開いて立てた形、というユニークな建物がある。ライプチヒが誇るカール・マルクス大学である。ライプチヒ大学といっていたのを改名したそうだが、有名な経済学者とこの大学とが特に関係が深いわけではないらしい。ハインツは大通りをへだてた広場の銅像の横に立ってその建物を眺めていた。建物が本の形だと並んだ四角い窓が活字のように見える。

今日は朝から観光庁派遣の生真面目なガイドに、体育大学、盲人図書館、無名戦士の墓など、政府お勧めのところばかり行かされて少々肩が凝ったが、午後は客も運転手も自由行動である。ライプチヒは、国際見本市で有名な商業の町、ゲーテやブラームスの活躍した芸術の町、見る所はたくさんある。

大きくカーブした道を二両連結のバスが走ってきて大学の門前で停まると、前の方の扉から、白の半袖ブラウスに赤のスカートという姿でクリスチーネが降りてきた。背丈も肩幅も大人並みなのに、そのしぐさや姿から遠目にも少女だということが分かる。

遠くからハインツを見つけ、よく通る声で、

「グーテンターク（今日は）」

と言いながら、ハンドバッグを振り回すようにして手を振っている。

クリスチーネは髪の色が濃いのに瞳の色は淡い。小さい時からそうだったが、大きくなってますますはっきりしてきた。少しカールした髪は暗褐色でほとんど黒に近く、目の方は水のように透明なブルーグレー、そして、驚いたりじっと見つめたりすると黒い瞳孔がみるみる丸くひろがっていくのがよく分かる。

日本人のガイドはこちらのホテルなどの照明が暗いことの説明に、

「青い目は光に弱くて、同じ光でも黒い目の人よりまぶしく感じるからだ」

と言うそうだが、光が入るのは瞳孔だから虹彩の色は関係ないのではないか、とハインツは考える。

今も、白い建物に映える秋の日差しは茶色の瞳のハインツにさえまぶしいから、ガイドの理屈で言えばクリスチーネにはまともには見られないはずだが、

「よいお天気ね、ハインツおじさん」

と、少し目を細めながらも心地よさそうに見上げている。

ハインツはいろいろな国の観光団のために大型バスを運転してもう何度も来ているから町は珍しくないが、この娘が会うたびに美しく大人びてくるのに目をみはる。とびぬけて整った顔というわけでもないのにまばゆいばかりの変身ぶりである。

カールにはそんなことを言ったことはないが、あの子はこの遠縁の娘の成長振りをどんな風に想像しているのだろう。

「お父さんはいいなあ、マリーおばさんやクリスチーネにまた会えるんだものね。早く『壁』がなくなって、誰でも行き来できるようになるといいのにな」

などと無邪気に言っているが、今のクリスチーネと突然出会ったりしたら、そういう

言葉がすらりとは出てこないかもしれない。

幼馴染が大人の女性らしくなったのを見て、少年が自身の中に青年の心を意識する瞬間――そんな場面にもし居合わせたら、自分はそっと場をはずすだろう。そして今リンデンの並木を吹く初秋の風が肌にしみるように「老いの訪れ」を噛みしめることだろう。人生の五十八歳はライプチヒの九月か。

「カールがね、君やマリーに会いたいって」

「そう？　私も。でも、私たちは今『東』のお金を大事にしなくてはいけないから『西』の国へは行けないけど、カールはどうして来られないの？　『西』の人たちはお金持ちだし、おじさんは来られるのにね」

東西ドイツの交通規制は、大戦後、米ソの首脳、EC、東欧、各国指導者たちの勢力争いや思惑にゆれて、今にも解けるかと思えば急に厳しくなったり、またなんとなくゆるくなったりした。首脳の会談が行われたり条約が発効したりすることと末端の方針が揺れ動くこととは必ずしも一致しない。

一時は『東』に住む知人が遊びに来ては豊かな物資をせびって帰るので『西』に住むものが負担に感じるということもあった。親戚の冠婚葬祭とか言えばわりと簡単に出入りできたのだ。

行こうと思えば行ける、とのんきに考えていたものが急に規制が厳しくなったための悲劇もあった。

会えなくなった恋人はなおさらに恋しく、会いたさの一念でベルリンの壁をよじ登って射殺された男、手作りの気球で闇夜に『壁』を越えようとして撃ち落とされ、無人の気球だけがあこがれの『西』地域に落ちたという哀話もある。

ペレストロイカがモスクワから東欧へ、更に行政から民間へと伝わるには時間がかかるだろうが、もう少しだけ辛抱すればよいのに、と思うのは、当事者でない者の考えだろう。国家間の勢力争いなどに関係の無い庶民にとってはやりきれない話だ。

だが今、この町は夏の終わりの豊かな緑と初秋の青い空の間、庭や公園にバラ、ヒマワリ、アネモネ、菊、とりどりに咲きあふれ、一年中で最も明るい季節の、最も明るい昼下がりである。

「今度のツアーは急に決まったものだから、勤め先の工場に電話したりして迷惑じゃなかったかな。マリーはどう言ってた？」

「叔父さんたちから見ると、社会主義国ってこちこちに窮屈に見えるんでしょうけど、それくらい大丈夫よ。でも、急だったから両親とも休みがとれなくて残念がってたわ。よろしく、って。バーバラおばさんお元気？」

「うん、週に二日は仕事、二日はボランティア、あいかわらず忙しがってる」

あれから二日経っている。まだ怒っているか、ふっと気になった。

大きくなって親の思い通りにならなくなった子供のことで両親が責任をなすりあうのは見苦しい、とかねがね思っていたのにそうなってしまったのだ。

しかし今日は可愛いクリスチーネと一緒だ。考えても仕方のないことは考えるのを止めておこう。

旧市庁舎やトーマス教会のあるマルクト広場に近づくと『西』からの観光客らしい姿が目立って多くなる。

トーマス教会の前の木陰では、青年時代のバッハの像が「コイン一枚の持ち合わせもない」ことを示し、ポケットを裏返しにして立っている。バッハが若く貧しかったころ彼を援助したスポンサーの意向だそうだ。ドイツ人に珍しいユーモアだとか、いやドイツ人らしいリアリズムだとかいわれるが、同じドイツ人でも昔の人の気持ちは判りにくい。ハインツには、何も銅像にこんな姿をさせなくても、と思える。

コーヒー、紅茶、砂糖などを売る店が開いているので、コーヒーを淹れてもらって立ち飲みする。

「おいしい？」

「うーん、まあまあ」

「『西』のとはちがう？」

「淹れ方もちがうようだな」

クリスチーネは、ふふっと笑う。

「カールはおじさんより大きくなった？」

「うん、とうとう追い越された」

「横幅も？」

「いや、あいつはやせっぽちだ」

「スマートなのね」

「おじさんはスマートじゃないって思ってるんだな」

「ううん、そんな意味じゃあ……」

ちょっとした言葉の行き違いを恥じて、白い額がエリカの花のような淡いピンク色になる。瞳の水色までピンクに染まるかと思われる。ハインツは思わずみとれていた。

日本人の一団が入ってきた。

「あった、あった。やっと見つけた」

などと言いながら、せっかちに、我がちにカップ一杯のコーヒーを求めている。

ちょうどこちらは飲み終わったので、会釈だけ交わして外へ出る。

「あの人たち、おじさんのバスのお客？　なんだかずいぶん急いでるのね。ホテルで何かあるの？　おじさんは行かなくていいの？」

「いや、あの人たちは自分で作った予定に追われているんだ。あの人たちは形のあるものだけでなく、見ること、とか、聞くこと、とか、すること、とか、そんな形のない物も欲張るんだ。せっかく来たんだから、ってね。だってここは日本からは遠いだろう？それにあの人たちの社会では、そういう欲張りはとてもいいこととされているんだ」

ヨーロッパでは、自分たちドイツ人がいつも、せっかちだ、働きすぎだ、といわれるが、日本人の団体について歩いていると、なるほどイタリア人やスペイン人などは自分たちをこんなふうに感じているのだな、ということがよく分かる。

最近はこの町にも日本人の団体が来るのでクリスチーネにも日本人を見るのがそう珍

しくはなく、彼らの行動パターンも少しは理解できるようだった。

バーバラからのおみやげ、と言って、抱えていたセーターを渡す。物資豊かな西欧の最新流行のセーターはうれしいはずだが、クリスチーネは普通のお礼を言うだけで飛び上がって喜ぶということをしない。自分たちの国は物資が乏しいということを引け目には思いたくない若者の意地をかわいいと思う。

少し前には、同じ少女の同じ態度を、可愛げが無いと不快に思ったこともあったのだが、ハインツはこの変化を自分が老いたせいだとは思いたくない。しかしそれが、クリスチーネが美しくなったせいだとすると、それはまた我ながら現金な話だ。

セーターを渡し、カールの言葉を伝えれば、もう用事は無いのだが、クリスチーネはすぐに別れる気は無いらしく、コーヒー屋を出てもなんとなくハインツについてくる。

マルクト広場では、もう自由市場の野菜が売切れてしまって籠や台は隅に片付けられ、観光客が広場全体に散らばってそぞろ歩いていた。

噴水わきのベンチには土地の人らしい年寄り夫婦が座っている。足元のプランターには黄金色のマリーゴールドがあふれるように咲き、夫婦は何をするでもなく秋の日を浴びてただ座っているが、それで充分、見ている人に暖かいものが伝わるような姿だった。

広場に面している旧市庁舎は古くて使いにくくなったので、役所の機能は他の場所に移転したのだが、飾り屋根のついた美しい建物は修復して保存し、一階をショッピングセンターとして使っている。四時を過ぎたのでもう店を閉めていた。店員はすべて公務員だから、一ぺニヒでも多く儲けようなどという商売気は全く無い。

「自由市場はすぐ売切れてしまうし、中央市場は決められた時に決められた人しか入れないだろ？　社会主義は不自由だな」

ハインツはこの若い愛国者をちょっとからかってみる。

「そんなことはないわ。こういうやり方に慣れればこれで充分よ。いつもいつも誰かと競争したり、人を蹴落としたりする社会よりどんなにいいかしれないわ。そりゃ少しは生産性が悪いかもしれないけど、誰も飢えてるわけじゃないし、贅沢を言い出せばきりがないでしょ」

こういうことをむきになって言うだろうと知っていてからかうのだから、おじさん族は人が悪い。

別の新しいビルに書籍の専門店があって絵本がウィンドウいっぱいに並べてある。最近この地で開かれた世界児童図書コンクールの入選作品だと表示があり、大人でも楽しめそうな見事な物があるので、買えるものなら一冊買いたいと思ったが、ビルの入口はもうどこも閉じられている。裏へ回ろうとしたが、クリスチーネがハインツのしつこい態度を恥じるように、

「もういいじゃない」

とシャツの袖を引っ張るのであきらめた。

南へ少し引き返し、四階建てのマーケットで買い物をするクリスチーネに付き合う。彼女が自慢げに言うとおり、来るたびに少しずつだが品物の種類も量も多くなり、買いやすくなっていくのが分かる。

絵の具とスケッチブックを買ってプレゼントした。『西』からもっと良い品を買ってきてやればよかった、と思ったが、いや、彼女が自分の町のもので満足しているのだから愛国者の自尊心を傷つけるようなことをしないほうがよかったのかな、とも思った。

「自由になったら遊びにおいで」

「有難う。カールにもバーバラおばさんにもそう言ってね。おじさんもまた来る時知らせてね。お母さんの休みが取れる日だったら、おじさんの好きな紫キャベツの甘酢煮をごちそうするって言ってたわ。私もこんど作り方教えてもらうの」

「その甘酢煮を君に作ってもらうのがたのしみだな」

「私はまだ何回か作ってみないと……」

自信がない、とはにかむ。

「さっきのバス停まで送っていこう」

「いいの、そこの駅から電車で帰るから」

公園の中は、よく茂った広い芝生に赤ブナの大樹が濃紫の影を落とし、その中を白く細い道がうねっている。クリスチーネは、さっそうと、のつもりらしい背伸びするような歩き方で歩いていく。途中で出会ったおばあさんとコッカースパニエルに手を振り、ついでにもう一度振り返ってハインツにも手を振った。


歩いていると暑くなってきた。

観光客が、広場に面した旧計量所や昔の豪商たちの家の写真を撮っている。急傾斜の屋根の立体的な飾り窓、軒庇に並んだ人の顔の彫刻などが珍しいようだ。

マルクト広場を更に北へ、ホテル・メルクーアまで戻る。

日本のカシマケンセツが建てたホテルで、外観はただ四角いだけの二十五階建てだが、内装はロビーに大きな回り階段をつけたりしてなかなか凝っている。「サクラ」と言う名の日本料理レストランもある。

今朝、客たちが朝食をとっている間にバスを玄関の方へ回しておこうと表に出た時、玄関前の壁にとりつけられた大きな温度計はちょうど一〇度Cであった。上着を着ていても寒かった。観光庁押し付けの市内観光を終えて昼食に戻った時が十八度C、そして午後四時の今は二十四度Cである。日本人にはこの気温の変化が珍しいので、ホテルの表玄関に二階まである大温度計を取り付けたのだと聞いた。

エルザ

ドレスデン市のほぼ真ん中、エルベ川にかかるゲオルギ・デミトロフ橋のたもとで、ザクセン選帝侯フリードリヒ・アウグスト強大王の金色の像が、夕陽を背にして馬の手綱を引き絞っている。子供のころ、エルザと二人でよじ登ろうとした像だ。

ハインツは広場のベンチにもたれて座り、両手をベンチの後ろへたらして像を見上げた。エルザはハインツよりほんの少し小さいだけだったのに、ハインツが楽に登れる像の台座に一人では登れないといった。本当に登れなかったのだろうか。女の子に生来備わっているコケットリーというものだったかもしれない。

「私が馬の足につかまるから下から押して」

と頼まれ、スカートを頭からかぶりそうになりながらパンツのお尻を押し上げていたら、通りかかった大人に、

「そんなところへ上がってはいけない」

と叱られたのだった。

その人は、子供が危ない、と思ったのか、像の尊厳を冒すと考えて止めたのか。

アウグスト強大王はエネルギッシュな人物で、建築や芸術にも力を注いだが、手をつけた女性も数知れず、産ませた子が少なくとも三百人以上いたという。四百年近く経た今、ドレスデン市民で彼の血を引いていない者はいないのではないか、と他の町の人たちに冷やかされる。そんな彼なら、かわいい金髪のエルザが台座へよじのぼるのを歓迎したかもしれないのに。

王は多くの領地の内、ポーランドがことのほかお気に入りで、自分の像をポーランドの方角に向けて建てたのだという。

ドレスデンは、ルネッサンス時代、この王の力によって大いに繁栄した。もともとこの町には一二〇〇年代からザクセンの君主の居城がありこの地方の中心であったから、古い貴族の庭園や教会なども多い。しかし、現在観光客に有名なアルベルティーナム（緑のドーム）と呼ばれる宝物館や豪華壮麗なツヴィンガー宮殿などを建てたのはこの王である。

エルザは叱られた照れ隠しに全速力で走り出し、ハインツは怖い大人から逃げるチャンス、と自転車に飛び乗ってあとを追いかけた。

ハインツの家は畑や果樹園の間に赤屋根の見え隠れする郊外にあったし、古めかしい宮殿などに興味はなかったから、滅多にこの辺りへは来なかった。

その日はたまたま、買ってもらった新しい自転車を乗り回していたらおてんばエルザに見つかって、いや、本当は石蹴り遊びをしているエルザの横を何度もすり抜けて見せびらかしたから、

「乗せて、乗せて」

とせがまれ、二人乗りでこんなところまで来たのだった。二人はそのあと、どこへ行ったのだっただろう。

その時だったか、また別の時だったか、やはりエルザと一緒に「君主の行列」を見に行った記憶がある。馬に乗ったドレスデン始まって以来の歴代領主が、同じ騎乗の公子や宰相とともに、徒歩で槍や鉾をかつぐ家来たちを従え、延々と何十人も左へ向かって進んでいくレリーフである。左へ行くほど昔、つまり行列の先頭が一番古い人物らしかった。彼らの歴史や業績など何も知らなかったが、一人ひとりに付けられた銘板から、ゲオルグ三世とかヨーハン二世とか読み取れるのがうれしくて、二人で声を出して読みあった。各人が生きていた時代の服装をしているのをエルザは面白がっていた。

夕陽が王の金色の冠をきらめかせるのを見てハインツは立ち上がり、その「シュタルホフの壁」を見に行った。

子供心には、ただ、すごく大きな壁画だと思い、従者たちが持っている飾りつきの槍などを面白く眺めていたのだが、今見るとこれはすばらしい陶芸作品である。領主たちの豪華な衣裳の模様や襞の陰影、後足で立った馬の腰の筋肉の張り具合、貴族と従者の容貌の違いなど、実に見事に写し出されている。落ち着いた黄色の地にグレーの濃淡で表された色合いも見事だ。ザクセンが誇るマイセン陶器の一つの見本である。

ヨーロッパを歩き回る仕事をしていると、ちょっと大きな町ではよくこの種の壁画を目にするが、これほど大きくて立派なのは珍しい。描かれた人数の多いことも随一であろう。見る人の頭より少し高い位置に掲げられているが、観光案内のパンフレットによれば、高さ八メートル、長さは百メートル以上あるという。今見ても大きな壁画ではあるが、エルザと二人で見た時は、もっと高く、もっと長く、もっとたくさんの人が描かれている巨大なものに感じていた。

一九四五年、ハインツは、ヒトラーユーゲント生え抜きの空軍士官候補生としてイギリス空襲に参加した。はじめ、ドイツは圧倒的に優勢で、最新鋭戦闘機メッサーシュミットは、ロンドンをはじめ、イギリスの主な町々を痛快なほどにやっつけていた。

しかしその後、連合軍は勢いを盛り返し、ドレスデンは報復の空襲で壊滅的にたたかれたのだった。

戦後、もう再建は不可能だといわれたが、一九六〇年代、市民の熱意と努力、それにソ連政府が力を貸して見事に復興した。芸術的、歴史的に価値のある宮殿や教会は、石のひび割れぐあいから三百年の色のくすみぐあいまで考えて綿密に再建されたという。

庶民の家もなるべく元通りに、との努力はなされたが、個人の持ち物は全く元通りというわけにはいかない。エルザの家は、ハインツの幼い記憶に似て再建されているが、その下に押しつぶされたエルザは戻らない。

教え込まれたとおり、ゲルマンの血の誇りのために、宿敵イギリスの都市を攻撃したことが、報復のドレスデン攻撃になったとすれば、そういう国家レベルの作戦では一人の行動など大海の一滴にすぎず、あのナチ政権下では反対することなど考えられなかったとしても、ハインツ自身がエルザのあの青い瞳を閉ざさせたことになる。

幼いころ子供の目で見ていた懐かしい故郷ドレスデン、武装を解かれて帰ったとき、手のつけようもないような瓦礫の山だったドレスデン、友は亡くなり、仕事も無く、ハインツは見捨てて去ったのだった。そして今、再興され観光客の行き交うドレスデン。ハインツの胸にはその三つが別々の町のように並行して存在している。

『東』の国々が『西』の観光客に門を開いてから、ハインツはこの町にも何度か来ているが、町を見物して歩く気にはなれず、一度昔住んでいた辺りへ行ってみただけで、あとはいつもホテルやバスターミナルの周辺で時間をつぶしていた。

久しぶりに見た金色の王様と君主の行列はハインツの胸に懐かしくまた、重く、痛かったが、ホテルに帰ってくると、客はダイニングルームに集まって今日の観光の名残を賑やかにしゃべりあっていた。

このツアーでは、運転手はいつも皆と同じ食事をしてよいことになっているがハインツはこだわらず、必ずしも三食同行はしない。前から知っている店に入ることもあるし、市場で買ったパンとソーセージをターミナルに停めたバスに持ち込むこともある。

しかし今夜はここで食事をすることにし、きちんとネクタイをつけた。

入っていくと客の一人が、

「ここへどうぞ」

というように、四人席の一つ空いているところへ手招いてくれた。

ピアノに近く、ヴァイオリンを弾く人も横に見える。窓越しにはバラ園と芝生、そしてその向こうはたゆたい流れるエルベ河と暮れなずむ王宮のシルエット、という最高の席だった。

「ツヴィンガー宮はどうでしたか？」

誰か答える人がいないかと、まわりを見回しながら言ってみる。

「グート」

隣のテーブルで向こうむきだった男がふりむいた。少しドイツ語ができるらしい。

「バロック文化はすばらしい。だがわれわれ日本人には刺激が強すぎるようだ」

英語が混じっているので、ハインツもできるだけ英語を混ぜて話す。

「何を見てそう思った？」

「はじめにアルベルティーナムを見たが、金銀宝石が多すぎて目が回りそうだった。細工はどれも精巧だったがきらびやかすぎて」

あの緑のドームの中には宝物がいっぱい飾られている、と聞いていたが、ハインツはまだ見ていない。今日、あの「王の像」と「君主の行列」を見たことで、何か一つ乗り越えられた気がしていた。この次にこの町へ来た時にその宝物も見てやろう。

「それから、どこの建物も人間の像が多くて圧倒される。〝妖精〟といえばメルヘンに出てくる天使のようなものかと想像していたのに〝妖精の泉〟は二十体近いリアルな女性の裸像に囲まれていた」

大学には学者たちの、教会には聖人たちの像がいっぱい飾られているのが普通だから、宮殿なら女性の像があっても不思議ではないと思うのだが、日本人たちにはそんなことが珍しいのか。ハインツは思わず笑った。男も笑ったが下品な笑い方ではないのでよかった、と思った。

この席の人たちは英語混じりだと大意が分かるらしく、皆、同感、とうなずき合っていた。

「でも宮殿内のゲメルデギャラリーはすごかった。ラファエロ、ルーベンス、ローレンス、ヴァンアイク、プラナッハ、日本でも知られている画家ばかり。それがあんなにたくさん一堂に集められて……。駆け足ツアーで時間の無いのが惜しい。もっとゆっくり見たかった」

男はそこに昼間見た名画が懸かってでもいるかのような目をして食堂の壁を見上げた。

「それからブリュルセテラス、とっても、とっても素晴らしかった」

女性の一人が片言の英語で言う。それは、エルベ河に沿ってテラス状に高く作られた広い散歩道である。その辺りでエルベ河は大きく湾曲し両岸が一望にできる。王宮や芸術大学など由緒のある建物を含む旧市街と、緑の中に赤い屋根や教会の尖塔の見える対岸と、その間をゆったり流れるエルベとの調和の取れた眺めは、ドレスデンの誇りである。ハインツは微笑した。故郷を褒めてもらうのは理屈抜きでうれしいものだ。

別のグループが何か音楽をリクエストしようと言い合っているようだが、この日本人たちは最近のドイツの曲を知らないらしい。それに彼らは恥ずかしがりやで、なにやらしきりに押し付け合いをしたあげく、一人の女が黙ってピアノの上にチップを置いた。するとと楽師たちは、もの悲しいようなエキゾチックな曲を奏ではじめた。どこかで聞いたような、と思っているると、ブリュルセテラスを褒めてくれた女が小さな声で、

「サクラ、サクラ」

と言う。

そうか、あの時、日独伊三国同盟締結記念に日本を訪れたとき聞いた曲だ。長い間忘れていたが。

おおぜいの中から選ばれてヤーパンへ行く、と言ったとき、エルザは青い目に空の色を映して驚き羨ましがったが、とても喜んでもくれた。

「いいな、いいな、男はいいな。私だって行きたい。ヤーパンってどんな所だろう」

「男だって皆行けるわけではないんだぞ」

「そうよね。ハインツは優秀なユーゲントだからよね。よかったね」

いつもなら皮肉ったりからかったりするくせに、その時は本気で尊敬してくれた。どんなにうれしく誇らしかったことか。

楽士たちは日本の曲をこれ一つしか知らないのか、いろいろにアレンジしては同じメ

ロディを何度も繰り返して弾いていた。

コリーグ

街をS字状に貫いて流れるモルダウ川の岸に「塔の町」といわれるプラハの市街がある。ネギ坊主のような聖堂の塔、ゴシック風に鋭く尖った教会の鐘楼、大学の時計塔、橋のたもとの見張り塔、富裕な家の屋根の飾り塔、さまざまな塔が赤屋根の波の中に立ち、町全体がおとぎの国のようだ。

川と市街地をはさんで両岸に丘があり、右岸の丘は緑の多い住宅地、左岸は丘の上にフラッチャニ城、聖ビト聖堂、カール大学など歴史的な建物がある。

ボヘミアの森やモラビアの丘に発しボヘミア盆地を潤し流れる大小の川が東独とチェコの国境近くで集まって北へ向かいエルベ河となる。モルダウはほぼ真ん中の支流で多分支流の中で一番大きい。ドイツではモルダウ川として有名だし、スメタナの曲の名もそう覚えていたが、土地の人たちはモルダウとは言わない。チェコでの――プラハでのこの川の呼び名はブルタバ川である。

エルベはドレスデンを通り、ドイツの平野を蛇行して北海に注ぐ、その長さ約四百三十キロという。

カレル橋は市内に十三ある橋の内一番大きく、観光の名所となっている。今日も各国からの観光客でいっぱいだ。両側の欄干に沿って立ち並ぶ聖者たちの銅像も見事だが、丘の上の王城もここからの眺めが一番良いといわれる。たくさんの窓に飾られた城の向こうに、聖堂のネオゴシックの上へ上へとのびる尖塔群がみえる。

城の手前は切り立った崖で、今は深い緑に覆われ城そのものをロマンチックに見せているが、ボヘミアからドイツ全土を巻き込んだ血なまぐさい三十年戦争は、横柄な書記が人民たちによって城の窓からこの崖下へ投げ落とされたことが発端であったという。

この橋の名前はドイツ読みにすれば、多分カールであろう。

ハインツは石造りの欄干にもたれて、通る人々を見ていた。秋の午後の低い日差しが、ゆっくりと歩く人々の影を橋の上に長く落としている。体を半回転させて川のほうに向き、水面に浮かぶ釣り船を見下ろした。男がなれた手つきで竿を操っている。あまり深くはないらしい。カイツブリが二羽、川面いちめんに散る日の光に渦の模様を描きながら泳いでいた。

カールは十五歳、ハインツがヒトラーユーゲントの一員として、希望と理想に燃えて充実した生活を送っていた年齢だ。そのころのハインツはなんの疑いもなく、ひたすら規律に従い訓練に励む優秀なドイツ軍人の卵だった。そして日独伊三国同盟が成った記念に日本と少年交流があったとき、選ばれてその人数に入ったのだった。

規律にしばられ、船酔いに苦しみ、狭い軍艦内で大人の軍人と一緒の生活は厳しいものだったが、少年は、選ばれたという誇りを支えに乗り切った。

地球の裏側に自分たちとはあまりに異なる世界を発見した驚き。それほど違う文化を持っていても、人間どうしとしてはたくさんの共通点があるという、もっと深い驚きも体験した。

カールには日本人やその生活など珍しくもない。テレビは日本人どころか人類がなかなか踏み込めないような所でさえ簡単に見せてくれる。

彼はかっこいい音楽グループにあこがれて劇場に通い、自分もドラムセットをほしがる。昔の親の買ってやりたくても買えなかった悩みの代わりに、買おうと思えば買えるものを与えるべきかどうかに今の親の悩みがある。

やや年をとってから生まれた末息子は殊更にかわいくて、欲しがるものはできれば買ってやりたい。しかし、つぎつぎと欲しいものがエスカレートする速さに戸惑い、母親が甘やかしすぎではないか、と言ったのが出がけの喧嘩の原因だった。

「カールに次々と高いものを買ってやったのはあなたじゃないの」

とバーバラは言った。

「日曜大工の電動工具一式なんて、あの子にはまだ使いこなせもしないのに」

ひまさえあればテレビを見ている息子に、自分が何かの相手でもしてやればよいが、その時間がないから、せめて手先を動かす道具を与えれば、少しは物を作り出す喜びを知るきっかけになるかと思ったのだ。

「ロシニョールのスキー板だって、カールがねだる前にあなたの方から買ってやったでしょう」

あれはフランスへのツアーの仕事で、たまたまその工場にも立ち寄ったからお土産に買ったもので、安く買えたのだ。ちょうどそのツアーの間にカールの誕生日がはさまり、その日、家にいてやれなかった償いもふくまれている。

自分なりの考えがあって買ってやった物に、いちいち文句を付けられたようで面白くなかった。

ゆっくりと向かい合って話している時なら、おだやかに説明しただろうが、出発間際のあわただしい、やや気の高ぶった時だったので、むっとした気持ちをそのままに、嫌な顔をして、黙って背を向けて、出てきたのだった。

手の甲にとまった小さな羽虫を、肩から力を抜くために吐いた息でついでに吹き払い、橋を東へ渡る。

地下鉄に乗るつもりで歩いているうち道に迷ってしまった。

プラハの街路は、放射状でも渦巻状でも碁盤状でもない。ただもうやたらに、ゆきあたりばったりに造られたような道路網である。三叉路、五叉路、行き止まり、が随所にあって、その上、地図がまた、まことにいい加減で頼りにならない（ソ連当時）。地図が不正確なのは政府の方針でわざとそうしてあるのだとも言われるが、よくこれで観光都市などといえるものだ。

昨日ホテルに着く前も前任者から詳しく聞いていたのに、市内に入ってから迷い、大きなバスを急角度に回転させたりして、この街ではしかたがないと思いながらプロとして少し恥ずかしかったのだ。

今も、地図の通りに歩いていけば必ず行き着けるはずの地下鉄駅が見つからない。

何か手がかりになるものは無いかと見回していたら、長いスカートにエプロン、頭にスカーフ、手には大きな籠という、おとぎ話の挿絵のようななりをした女性が歩いてきたので道を尋ねてみるが、なかなか通じない。

英語、ドイツ語はお互いに似た発音や綴りが多く、片言と手まね身振りに文字を加えれば簡単なことはなんとか通じるが、チェコ語は系統の違う言葉である。

「地下鉄」が分からないので、ホテルの名をゆっくり繰り返してみると、

「分かった。ついて来なさい」

という表情と身振りで、今来た道を引き返しはじめた。わざわざ連れて行ってもらうなど恐縮なので、

「道だけ教えてくれ」

と、こちらも身振りをしながら言ったが、

「いいから、いいから」

と言う感じで市電の停留所へ連れて行かれた。地下鉄の駅からは全くはずれていたらしい。

市電が来たが、

「これはだめ」

と、乗らせない。

次の電車が来ると運転手に近づいて何か言った。運転手が、

「パークホテル？」

という。頷くと、乗れ、というしぐさをする。切符を持っていないが乗る。すぐ動き出す。女性にあわてて手を振った。あちらも笑顔で手を振っていた。

切符が無いことを手まねで示したが、笑っているだけである。適当な小銭を手のひらの上に出すと、

「ジェック」

と聞こえることを言って、ポケットに入れた。

「有難う」

であろう。

料金としてではなく、チップとして受け取ったようだ。市電の切符は車内では売っていないから、料金は受け取れないはずだ。

二十分ほど走ったところで、降りろ、というしぐさ、そして同じ停留所で降りようと

していた若い男に何か言い、今度はその男が、ついて来い、というしぐさをする。

ブルタバ川の上流を渡ったところで、昨日自分が運転してきたところだから、方角の見当はついている。

「有難う、もう分かったからいい」

と、ドイツ語と手まねで繰り返したが、男はだまって先を歩く。

ホテルがはっきり見える角へ出たとき、彼は手を大きく動かして看板を示し、ハインツの表情を見て間違いないと納得すると、ちょっと笑って去っていった。

「ダンケ、ダンケ　シェーン、ダンケ　ゼーア」

これだけ言えばどれか通じる、と思いながら、後ろ姿に大きな声で言った。

道の複雑さ、地図の不正確さ、標識の不備、そのすべてを補うものは人々の暖かさであった。

フロントにニシダがいた。日本人たちは皆一緒にニシダの案内で市内を歩き回り、さきほど帰ってきたところだという。

「誰にでもコリーグ（同志よ）って呼びかけられてちょっと驚いたけれど、この町の人は皆親切ね」

ニシダもなにか暖かい経験をしたらしかった。

カール

プラハからコノピシュチへの道は深い霧の中だった。

河川のあつまる盆地だから、この辺りでは濃い朝霧は珍しいことではなく、特に秋には深くなるらしい。道路は十メートル先もよく見えないが空いていて先行車も対向車もないから気持ちよくとばせる。バスは大きな体を揺すって走る。

ニシダが、

「そんなにとばして大丈夫？」

と心配顔をするが、これだけ空いているのだから対向車との正面衝突は考えられないし、先行車が見えれば即座に徐行できるという自信があるからとばしているのだ。

山道へかかりカーブと傾斜が続くのでスピードを落とす。ニシダはほっとした顔になる。

コノピシュチ城は、オーストリア皇太子フェルディナンドの城で、マリア・テレサもたびたび訪れたという。城砦ではなく居城であるから、華麗にぜいたくに造られている。円形の塔と飾り窓の連なる四角い居室をうまく配置した優美な外観、ロココ風の室内調度、タペストリー、バロック風の天井画。外で火を焚き室内には煙も臭いも入らず熱だけが伝えられるという美しい陶製のストーブは仕掛けも見た目も見事な物だが、外で火を焚く家来は寒かっただろう、と庶民は思う。

大広間いっぱいに蒐集された膨大な量の武器は、ほとんどが実用品ではなく、人に見せるための美術品である。

外には広いバラ園に配置された数々の彫像とそこに遊ぶ孔雀が見えるはずだが、今日は濃い霧で窓からは何も見えない。

驚かされたのは「王の獲物」だった。

フェルディナンドはことのほか狩が好きで、生涯に三十万匹の鳥獣を殺し、その一つ一つに獲った場所と日付のプレートをつけ、城のいたるところに飾った。

例えば、長い廊下の壁いっぱいに掛けられた何百頭分もの鹿の角、天井からびっしり吊るされた何千羽の鳥の剝製、広い踊り場に建ち並ぶ熊の剝製、階段の周りに折り重なって張りつけられた野牛の皮、ガラスケースに入れられたおびただしい数の牙や爪のコレクション、その他リス、ウサギ、オオカミ、キツネ、など、壮観というより気持ちが悪い。

生き物を殺すことがそんなに楽しかったのか、他にすることがなかったのか。この王は日本にも行ったことがあって、そのとき日本の獣を狩りたいと望んだが断られたという。

王の居間にも大きな熊の剝製があったが、これは王に狩られなかった唯一の例外だという。庭に広い熊舎があって、昔から伝統として一頭の熊が飼われている。今も一頭いるが、王の居間の剝製は現在生きて飼われている熊の母親だそうだ。

城館の見学を終わったが、あまりに霧が深いので庭園巡りは取り止め、城の下の森を通ってバスターミナルまで下る。

山裾をめぐりながらゆるい傾斜でつけられた森の中の散歩道の両側は、ブナやトウヒの大木が霧の中にぼんやりと遠くまで連なり、足元には小川が右を流れたり左を流れたり、橋の下をくぐって小さな滝になったりして変化を楽しませてくれる。下草の茂ったところにはリスやウサギが隠れていそうだ。

そばを歩いていた女性がハインツのほうを見て話しかける。ニシダが通訳してくれる。

「赤頭巾ちゃんの話って、ドイツの子供たちは皆知っているんですか？　あれ、日本でも有名です。私も子供のころ聞きました。でも、その中の『森』と言うところがどんな所かよく分からなかったんです。きっと、こんなところだったんでしょうね」
「ここは自然の森に見えますが、よく手入れされた城の庭です。北ドイツの自然の森はもっと暗くて淋しいところです」

コノピシュチを出てカールシュテイン城へ向かって走っていると霧が動き始め、見る間にすうすうと晴れ上がった。静かな夜明けの薄明から急に昼間の活動的な世界に入った気分だ。

カールシュテイン城は居館ではなく、砦として造られたものだから、険しい岩山の上にある。

麓のバスターミナルにある山小屋風のレストランで昼食をとってから、ニシダの、
「さあ、元気を出して登りましょう」
の掛け声で、日本人たちは坂道を登り始めた。

ハインツは以前に一度登ったことがあるので、今日は下で待つことにした。バスター

ミナルは城の真下にあるから、日本人たちが登っていった道を逆の方向へ少し歩くと、城の全体が見渡せる。

ボヘミア王が十三世紀に建てた城でコノピシュチ城のような派手さはないが、灰色の切妻屋根の建物群、矢ざまの並ぶ城壁、飲料水を確保するため谷へ向かってうねうねと延びた土壁、泉を守る頑丈な石造りの囲いなど、実質的、実際的に均整の取れた建物で、それなりに美しい。

城は外から見れば美しく、王子や姫君の住居として民にとっては憧れの的であったが、内には常に血なまぐさい歴史を秘めているものだ。ボヘミアには美しい城や砦が多く、今は観光ルートになっているが、よく聞けば、この石畳の染みは大臣が殺された時の血の跡だとか、この石段は王が敵に首を打たれた時、剣の勢い余って欠けたのだとか、そんな言い伝えも珍しくない。

コノピシュチのフェルディナンドは、一応戦乱の治まった世に皇太子として生まれ、戦争に明け暮れた先祖の王たちから受け継いだ荒々しい血のたぎりを、哀れな獣たちに向けたのかもしれない。

草むらの中の石に腰を下ろして、城の眺めと暖かくなってきた日差しを楽しむ。

（この城もカールだな）

カールは呼びやすく親しみやすいのでドイツに多い名前である。橋にも城にも王の名にも見られるから、昔から多かったのだ。イギリスでチャールズ、フランスでシャルル、イタリーでカルロ、チェコでカレル、と数えれば、ヨーロッパ中どこでも多い名前なのだ。

どこにでもいるカールだが、さて、うちのカールはどうしているだろう。

出発前の言い出しにくい時に、バーバラがあえて口にしたのは、きっと何か急ぐ理由があったのだ。

例えば、学園祭の舞台で演じるので早く練習をしたい、とか。

学園祭でドラムスをやらせるだろうか。

このごろのことだからやらせるかもしれない。

それなら学園にもあるだろうから、それを使って練習すればいい。

少しでも早くうまくなりたいから家にも練習用が欲しいのか。

ライバルがいるのかな。

家で練習するのは近所迷惑ではないか。

カールの部屋は車の通る道路に面しているから、あまり心配は要らないだろう。

ドラムセットといえばかなり高価な物だろう。我が家にはぜいたく品ではないか。

しかし、払えないことはない。無理せずに払えるならぜいたく品とはいえないのではないか。プロ用ではなく、練習用というのもあるかもしれない。

せっかく買ってもすぐに飽きて放っておくのではないか。

いや、カールはそんな子ではない。最終的には飽きるとしても、しばらくの間でも熱中してやるのなら、ぼけーっとテレビばかり見ているよりいいのではないか。

いろいろ考えていると、とかく「買ってやろうか」という考えに傾いていく。

「ほんと？　買ってくれるの？」

自分に似た茶色の瞳を輝かせるカールの顔が目に浮かぶ。

今夜は東ドイツ領の旅を終わって『西側』へ出られる。とにかくバーバラともう一度よく相談して……。

日本人たちが城見物を終えて降りてきた。

カールシュテイン城の下のバスターミナルを出ると、ボヘミアの黒い森を抜け、高原地帯のホップ畑が続くなだらかな丘を幾つも越え、夕日に向かってバスを走らせる。

国境に着いたのは予定より早い五時ごろだったのだがすぐ前にポーランドの車が停まっていて、厳しいチェックを受けていた。全員バスから降ろされ、床下の荷物庫は勿論、個人の手荷物まで全部開けて調べられている。

それに比べると日本人の調べはごく簡単だった。パスポートを集め、事務所で捺印して、返す時に一人ずつ写真と顔を見比べただけだ。わざとおどけてドイツ人の係官の前へ、顔をぐっと突き出してみせる日本人もいた。

『東側』は出国や亡命に神経を尖らせているが『西側』は入ってくる者をさほど気にしていない。チェコスロバキアからの出国には手間取っていたが、西ドイツへの入国はポーランド人もあまり問題はなかったようだ。

何の荷か貨物を満載した大型トラックが何十台も列をなして『東』へ入っていった。

国境からは、ゆるい坂道を谷へ向かって駆け下る。山の陰へ入っていくのでどんどん日が暮れる。ドナウ川の支流に出合う。この辺りはヨーロッパの河川の南流と北流の分水嶺だという。この辺りに降る雨は一キロぐらいの差で北は北海へ南は地中海へ注ぐわけだ。あれ、ドナウは黒海だったかな。

真っ暗になってやっとバイデンの町に入った。この町ははじめてだ。思いがけず雨も降り出したが、もうドイツ語が通じるから迷子にもならずにすむ。

大通りのショーウィンドウに明るく灯がともり商品が山積みにしてあるのを見て、日本人たちは喜びとも安堵とも知れない歓声を上げる。たった五日間ほど統制経済の国を旅行しただけなのに、そんなに心細かったのだろうか。

バーバラ　II

ホテルに着くとまずフロントから業務連絡をする。

「ハインツか。無事共産圏からでてきたか。悪いけどな、引き続きヤーパンの面倒みてくれないか」

「どこだ?」

「それがイタリー周遊なんだ。それも君がフランクフルトに帰りつく翌日からだ」

「というとアルプス越えに一日かかるから、家に寄る間もないわけだが、まあいいよ」

「そうか助かる。特別手当出すように言っとくから。実はアルベルトに言ってみたんだが、同時に入っていたアメ公のほうがいいと言って決めてしまったんだ。あいつ住宅ローンがあるし、二人目が生まれるからチップが欲しいんだろう」

「そういえばヤーパンは運転手にチップをくれたりしないからな」

「だから特別手当申請しとくって」

「分かった」


次にバーバラに電話する。

「ハロー、ああ、ハインツ、元気だった？」

「有難う、そちらは？」

「有難う、元気。あのね、ルドルフがね」

「えっ？」

「ルドルフよ」

「ルドルフ？」

いきなり何を言ってるんだ。人の気も知らないで……。

「そうよ、足に怪我して……、ひどいけがなの。さっきホーガース先生のところへ連れて行って縫ってもらったの、七針もよ」

猫の小さな足を七針も縫うのは、それは大怪我には違いないが……。

出がけの喧嘩のことは忘れたのか。多分忘れたふりをしているのだろう。自分のほうが謝るべきだとは思っていないとするとちょっといまいましいが、まあ今度の場合仕方あるまい。

「どうしたんだ？」

「どうしたのか分からないから心配してるの。ホーガース先生はね、刃物の怪我だとおっしゃるの」

「刃物？」

「ええ、猫どうしの喧嘩ではないって」

「どういうことだ？」

「前にね、西の角のシュメッケビアさんが、猫を家から出さないでくれ、って言ったことがあるんだけど」

やれやれ、浮世のいざこざにはできればかかわりたくないものだが。

「しかし、彼が？」

「まさか、と思うんだけど」

「カールはどうしてる？」

「勉強してるわ」

「ドラムが欲しいから、頑張ってるのか」

「さあ」

「これからロマンチック街道とライン下りにつきあって火曜日に帰る予定だったんだが、たった今、業務連絡で次の仕事が入ってね。ドラムのことは、帰ってからもう一度よく相談して、と思っていたんだが、帰りがまた十日ほど延びてしまった。どうだ？　あれは急ぐのか？」

「大丈夫、もう諦めたみたいよ」

「あきらめた？」

「ええ、だってハインツ、あなた、あの子にはぜいたくだと思ったんでしょう？　だからそういって聞かせたの」

なんだ、解決してしまったのか。カールのやつ、えらく簡単に諦めたものだ。ねばりのない息子がはがゆい。反対したのは自分だが、自分のいない間に解決したのがくやしいような、買ってやれないのが淋しいような。

憮然とした気持ちで皆のいる食堂へ行く。

ホテル・スタッドクルーグの食堂はスキー小屋ふうの造りであった。丸木の窓枠、木のテーブルと椅子。大きなストーブのまわりに金網を張って、毛糸の手袋やスキー帽が引っ掛けてある。今はスキーシーズンではないから、これは飾りだ。

「ハインツ、どこへ行ってたんですか」

ニシダが立ち上がって空いている席を教えてくれる。

「今夜は自由主義国へ帰れたお祝いに乾杯するんです。あなたもどうぞ」

グラスを持たされ、ビールを注がれた。本当はハインツは、見かけによらず、またドイツ人らしくもなく、あまり飲めないのだが、今夜は少し飲もう。明日の運転にさしつかえないほどに。

亜那鳥さん

亜那鳥さん　I

アエロフロート（ロシア航空）国内便の小さな機は、サマルカンド空港の滑走路から定められた到着場所にぐるっとまわり込んでプロペラを停めたが、乗客の降機がなかなか始まらない。立ちかけた腰をもう一度おろして窓から見ていると、運転台付きのタラップがこちらへ来る途中で動かなくなり、ターミナルから男二人が駆け寄ると、運転していた男と三人で力を合わせ、手で押してきた。

それでも娘の美季は、

「私、タラップで降りるの好き」

と喜ぶ。

「あのチューブみたいな通路の中を歩くの味気ないでしょう？　タラップを降りると本

当に空を飛んできて到着したって気がするわ」

「こんな手すりの外れかけたタラップでも？」

玲子は少しあきれて聞く。

「うん、この錆だらけのところがますますいい」

八時間ほど前ハバロフスクで搭乗するときは雪がちらついていたのに、ここは砂漠の国、まして午後二時だ。緯度からすれば日本の青森くらいなのに、太陽光がきつい。暑いので袖をまくりあげると直射日光が皮膚にちりちりする。砂漠の人々が皆白い長袖を着ているわけを納得する。乗客は全部で三十人くらい、その内、日本人は私たちのグループだけで、ロシア人のガイドも入れて十八人、手荷物や分厚いオーバーなどを抱えてぞろぞろと滑走路を横切る。

ターミナルの外壁に描かれた仏教画ふうの絵に見とれていると、

「外国人はこっちですよ」

と誰かが言った。

一番右の端の小さなドアの上に、ロシア文字と並んで「FOREIGNER」（外国人）の表示があった。

入ると透視カメラがあって荷物の検査を受ける。次に少し離れた所にある人間用の金属探知機の前まで手荷物を持っていき、そこをくぐる。がやがやと大勢の人が一緒に移動するのだから、麻薬でも拳銃でも、はじめポケットに入れておいて途中で荷物の中にそっと押し込めば、簡単に持ち込める。いや、初めから手荷物に入れておいても多分見つからないだろう。監視テレビの前に座っていた女性はほとんど画面など見ていなかった。団体で観光旅行をしていると、空港の荷物検査はどこも大変おおらかである。

美季は、

「スーツケースが積み下ろされて出てくるまでにナターシャに電話をしなければ」

と公衆電話を探していた。

最初に知らせておいた予定が出発直前に変更になり、新潟、ハバロフスク、タシケント、と乗り継ぎの度に連絡しようと努力したのだが、電話はモスクワを経由してつないでもらうので、乗り継ぎの待ち時間内につながらなかったりして、変更後の到着便名を伝えていないのだ。この国では、そんなことは日常のことだしホテルは決まっているのだから、慌てなくてもよいのだが、美季は、

「空港まで迎えに来るって言ってたから無駄足を踏ませちゃ悪い」

としきりに気にする。

「じゃ一緒に探してあげよう」

手荷物を夫の正志《まさし》に託して歩き出した。

急に美季が立ち止まったのでぶつかりそうになる。見ると彼女はこの国の人らしい中年の男と真正面から向き合って、顔を探り合っていた。

男の横に笑顔で立っている女性をみつけた美季が、

「あっ」

と声を上げたのと、男が、

「ミーチャ」

と美季の肩に手をかけたのが同時だった。

美季は大きなバッグを肩から掛けたまま男に飛びつき、男は里帰りした娘でも迎えるように美季の背中をやさしくたたいていた。

玲子は娘がそんなやり方で挨拶するのをびっくりして眺めていた。美季は日本では人見知りをする方なのに。

彼女は横に立っていた女性とも、肩を抱き合い頰をつけあう挨拶をした。これがナターシャだろう。二人に抱きかかえられるようにしてロシア語で何か言いながら建物の外へ出ていき、女性がドアを閉めてしまった。

玲子はますます呆気にとられ、同じようにぽかんとしている正志と顔を見合わせた。ハバロフスクから同乗しているインツーリスト（ロシア旅行局）のガイド、アーニャが人をかき分けてきて、英語で、

「あちらへ行ったのは誰？」

という。

旅行のはじめに、

「指定された場所以外の施設へ立ち入ってはいけない」

と注意されていたのを思い出した。ソ連がロシアになって間もない一九九一年、なにかと古い規則が残っていた。とがめられているのだと思うが、あの男性がどういう人か分からないので、

「私たちの娘ですが、彼らは娘の友人です」

と言ってみる。

「友人？」

アーニャは、

(この人、自分の言っている英語の意味が分かっているのだろうか)

という顔で玲子を見る。

「そうです。彼らが迎えに来て娘を連れて行ったのです。娘は彼らが日本へ来たとき知り合いました」

まだ信じられないようなので、乏しい英語の語彙でどう説明しようかと考えていると扉が開き、美季が顔を出して手招いた。アーニャの方をうかがうと、彼女は美季の後ろに立った男の顔を見て納得したようだった。

「ご両親が一緒ならなぜ早く言わないんだ、って。この人、この町の綿花工場の偉い人らしいの。奥さん——ナターシャも同じところで働いているんだって。明日のメーデーの準備で工場は休みみたいなものだから、私の出迎えついでに朝からここにいたみたい。空港長さんともお友達らしいわ」

空港まで何度も無駄足を踏ませては申し訳ない、とそればかり気にしていた美季は、その心配だけは要らなかった、とほっとしていた。

玲子は美季から教えてもらった数少ないロシア語の中から言葉を探して、

「ズドラーストビーチェ（今日は）」

と握手する。

「今日は、や、初めまして」

正志は照れながらあくまで日本語だ。

「あの、お名前は？」

と美季に尋ねたのに、彼は引き取って、

「アナトーリ」

「ト」にアクセントを置き「リ」を「Ｌｉ」にする正しい発音をしたあと、

「あなとりさんです」

と言う。

ロシア語の名前をあまりにも日本語的に発音するので思わず笑ってしまう。この発音なら漢字が当てはめられる。「亜那鳥」はどうだろう。中国―昔の支那と隣り合った中央亜細亜のサマルカンドに住み、飛行機で飛び回っている彼に「亜那鳥さん」はぴったりだ。意地のように外国語を口にしない正志も「亜那鳥さん」となら友達になれるだろう。玲子はこれから彼を呼ぶことがあったら「アナトーリ」ではなく「亜那鳥さん」と呼ぶことにした。

あとで美季から聞いたところによると、彼の母国語はウズベク語だが、ロシア語はほぼ完ぺき、近隣共和国のタジク語、キジル語、それに仕事上必要な英語がしゃべれるそうだから、もともと語学の達者な人なのだ。ただし日本語はおあいそ程度、英語も日常会話がぺらぺらというほどではなかった。

ホテルへのリムジンバスの運転手が荷物を積み終わったことを告げ、日本人たちが移動し始めた。バスに乗り込む美季に、亜那鳥さんとナターシャはしつこいほど同じ言葉を繰り返す。

「なんて言ってるの？」

「五時にホテルのロビーで待てって」

「それ、どういうこと？」

「ジグリで迎えに来るって」

「ジグリって何？」

「ロシアの国産乗用車」

「それで？」

「それからどうするのか、詳しいことは分からない」

美季がＮＨＫのラジオでロシア語を独習し始めてから三年も経ってはいない。怪しげな玲子の英語より更に怪しいはずである。詳しいことが分からなくても仕方がない。

日ロ協会が神戸三宮で開いているロシア語教室に、美季がいつから通い始めたのか玲子は知らなかった。勤め先が残業の多い会社なので、玲子が「今日も残業」と思っていた帰りの遅い日の内、週に一回はロシア語教室だったというわけだ。一年くらい前からではないかと思う。

なぜロシア語などやり始めたのか、と聞けば、

――学校に行っている間は勉強が嫌いだった。だから大学にも進学しなかったのだが、勤め始めてから、勉強するのは楽しいことだと知った。しかし今さら勉強といっても大学へ入るのは難しい。そこで何か自分で勉強できるもの、と思って語学にした。別にロシア語でなくても、ギリシャ語でもアラビア語でも、他の人があまりやらないものならなんでもよかった――

という。

「ふうん」

玲子は、今の日本の学校は勉強の好きな子まで勉強嫌いにしてしまう、というかねての思いを深めたが、一主婦がそんなことを考えてもどうしようもない。

「じゃあもし私が在学中にお尻を叩いて勉強させて、無理にでも進学させたら、外大のロシア語学科くらいに行けてたかもしれないのに、惜しいことしたね」

「そんなことしたら、今頃はきっと、ぐれてどうしようもなくなってるか、心の病気にでもなってるかやわ」

やれやれ、やっぱりこの子には残業の多い会社に勤めながらロシア語教室に通うくらいが似合いなのか、と玲子はあきらめる。

最近は英語を話す日本人は山ほどいるし、しようと思えば英米人と交流する場はいくらでもあるが、ロシア人と接する折は少ない。美季の通っているロシア語教室では、神戸港にロシア客船が入ると語学研修を兼ねて交歓会を持つ。アナトーリ夫妻と美季はその交歓会で知り合った。美季が彼らの長女と同じ二十二歳なのが分かって、

「娘も喜ぶからぜひサマルカンドへいらっしゃい」

と誘われ、

「はい、いつかきっと」

と答えたのだった。

美季には、そんな会話を交わした友人がロシアのあちこちにいて、彼女は情報量の少ない国で珍しいものを見ることと、友人たちに再会することと二重の楽しみのために、小遣いと休日とを溜めてはロシアを旅行する。しかし、海外旅行となれば金額も休日もそう簡単には溜まらないから、今までに二回行っただけだ。しかも、去年の冬シベリアへ行った時、手持ちで足りない分をローンにしたので、金繰りは大いに苦しい。

今年はゴールデンウイークにもお金が無くてどこへも行けない、としょげている美季を見て、

「おれも一緒に行こうか」

と正志が言い出した。

父親が一緒なら費用は心配ない。美季は、

「本当?」

と言っただけで父親と母親の顔を見比べていたが、その日の内にパンフレットをしこたま仕入れてきてコースの決定を迫った。うっかりしていると口先だけの思いつきに終わってしまう父親の、気の変わらないうちにということであった。当然のように玲子も

同行することになる。正志は費用を払い込むときになって、

「一番安いコースを選んでも三人分となると大きいな」

とぼやいていたが、後の祭りだった。

ホテルの部屋に入ると、いきなり濃緑色に金の刺繍のあるベッドカバーが目に入った。靴も脱がずにベッドに転がって柔らかい絹の感触を楽しむ。

旧ソ連圏内のホテルでは、たいていのツインベッドはなぜか平行でなく、少し離れて直角の位置に置いてある。それに、あの体格の良いロシア人が十分に手足を伸ばせるのだろうかと疑われる大きさで、日本人の中では大柄な正志は窮屈だという。そういえば、ここは外国人専用ホテルだった。外国人というのは主に日本人を想定しているのだろうか。

背伸びして、肩を回して、長時間の飛行で座席の形にかがまった背中を伸ばした後、交代でシャワーを浴びる。ここはバスタブが無くてシャワーだけだが、お湯は十分に出た。

樹木の茂りあいの中に、青いタイルのドームと四角いコンクリートビルの混在する街

並みを見下ろしながらスーツケースを開けて荷物の入れ替えをしていると四時半になった。

「美季はもうロビーへ降りたかな」

あまり母親らしくない玲子より正志が気にする。

「行ってみる？」

夫婦で参加した者以外は皆一人一部屋である。美季はさっき、玲子たちが部屋番号を確かめ合っている間に自分の鍵だけ受け取ると、さっさとエレベーターに乗り込んでしまったのだ。

「うん、ちゃんとした人らしいけど、今日着いたばかりの国で初めての人に娘独り預けるのはなあ――。あいつの部屋番号は？」

一緒にロビーで写真でも撮ろうと思っていたのに、あっという間に消えてしまって部屋番号を聞く暇さえなかった。

「冷たいなあ、心配してやっているのに」

「ほんと、スポンサーには少しぐらいゴマをすっておくものだって教えておかなくちゃね」

こちらは心配しているのに、娘の方はさっきのバスの中での様子からみて、あのおじさまにどこへなりと連れて行ってもらう気になっているようだった。

彼女は過去二回のロシア旅行の経験で、ロシア人のひとのよさと、友人になった人への底無しの親切に信頼しきっているのである。しかし、どこの国にだって悪い人がいないはずはないし、外国では本人の思い違いや失敗も当然多くなる。

美季の姿がまだ見えないので、ロビーの隅のソファに座り、そんな親ばか話をしていると、

「アロー」

と声をかけられて目を上げる。

明るい水色の背広と同系色のネクタイに着替えた亜那鳥さんは、日本の俳優丹波哲郎に似てなかなかの男振りである。

ウズベクには八十八の人種が住んでいるというから、それらが混じりあって純粋のウズベク人というのは少ないのだろうが、やはり町で一番多く見かける種類の顔というのはある。中国人とアラブ人を足して二で割ったような顔である。地理的にちょうど二地域の間だから当然なのかもしれない。だが亜那鳥さんは違う。髪も眼も茶色だが、その

血には白人のものが混じっていると思われた。

ナターシャも先ほどの地味なブラウスと違い、胸を大きくあけたピンクのワンピースである。ウズベク風の黒い髪と豊かな胸にピンクはひときわ華やかだ。瞳は薄茶色なのだが青いアイシャドウをつけ、髪の額のところが白くなっているのを青く染めていて、光の加減か青い瞳のように見えるのだった。

玲子は彼らを娘の知り合いとしか思っていなかったのに、彼らの方は美季の姿が見えなくても、当然直接の親友だというように笑顔で近寄ってきた。

ナターシャは、少しはにかんで離れて立っている娘二人を手招いた。色白でロシア風の顔立ちをしているのが姉娘のニゴーラ、黒目勝ちでウズベク風なのが妹娘のアンナ。二人は人種が違うようにさえ見えるのに、やはり似ている不思議な姉妹だ。

美季が下りてきた。

ナターシャが、

「ミーチャ」

と呼びかけて、ニゴーラとアンナを引き合わせた。ロシアでは親しい人に呼びかけるとき名前の語尾をア段に変える。ウズベクでもそうなのか、彼らは「美季」を「ミーチャ」と呼ぶ。

では——というように亜那鳥さんが歩き出した。玲子たちは娘の行く先が心配で下りて来たのだが、亜那鳥夫妻はその気持ちを察してか、玲子たちを安心させるため自分の娘たちまで連れてきたようだった。

玲子たちは、

「では、お願いします」

という気持ちでドアの前に立っていた。すると四人が美季に何か言っている。押し問答をしているようだが意見がかみ合わないらしい。行先でもめているのかと思っていると美季が駆け戻ってきて言う。

「ご両親はなぜ来ないのか、って」

「だって、そんな、私たちまで——」

「そう思っていろいろ言ってみたけど、うまく通じないのよ」

亜那鳥さんとナターシャも戻ってきて二人それぞれに正志と玲子の手を引こうとする。

「お茶を飲むだけだって」

とにかく行こう、という態度に引きずられてジグリに乗り込む。

走り出してから、

「あ、ナターシャは？」

と言って気付くとアンナもいない。

亜那鳥さんは右手でハンドルを操りながら左手を大きく後ろまで伸ばし、大丈夫、心配するな、というように正志たちを制した。

道幅が広く、そのわりに車は少ないので、自由な速さで走れる。亜那鳥さんはゆっくりとジグリを走らせながらしきりに話しかける。玲子はこの時まで彼がしゃべるのはウズベク語かロシア語だけだと思っていたので、相手は美季に任せて窓の外を眺めていた。

この旅を計画したとき、砂漠の中のオアシス町というサマルカンドにまず玲子が思い浮かべたのは、見渡す限り砂ばかりが起伏する土地にやや大きめの池（オアシス）、周りに立つ椰子かフェニックスの木立とその陰に憩うラクダ、そして白い長着にターバンやアフラム（幅広の布を頭に輪でとめたもの）を纏った商人たちであった。

この旅の後の方で、実際にそういう所が今でもあることを知ったけれど、何百年来シルクロードの要衝に位置し、東洋と西洋を結ぶ商業で栄えた町サマルカンドがそういう所でないことは少し考えれば分かるはずだった。

だが、ではどんな、と思っても、はっきりしたイメージは湧いてこなかった。

出発前に斜め読みした案内書によれば、ゼラフシャン川の支流から運河で水を引いて緑を養っている、とのことだったが、今、目の前にみるサマルカンドは驚くほど濃い緑に包まれている。何本かある大通りは、白線など引いていないので良く分からないが、往復それぞれ二―三車線の幅があり、中央は分離帯というより細長い公園のような緑地で、そこと両側の歩道とに一抱え以上もある木々が茂り合い、車道は巨大な緑のトンネルになっていた。

ゼラフシャン川はヒマラヤ西端トルキスタン山脈の万年雪から流れ出ていて、一年中水の絶えることなく、アム川《ダリヤ》を経てアラル海にそそいでいる。

町は人口四十万、といえば姫路くらいか。街の真ん中に大きな遺跡があるところも姫路に似ている。

ふと、亜那鳥さんの言葉に英語が混じっていることに気付いた。

「古い―人間―死んだ―地面の下―体―石」

ジグリは長い石塀に沿って走っている。石塀にはウズベク風の模様が彫り付けられている。その雰囲気から、

「あ、セメトリー（墓地）？」

「ダー、イエス、セメトリー」

嬉しそうに言って、なおもロシア語に英語の単語を混ぜて街の案内をしてくれる。

「アフラシャブの丘」というのはこの町で最も古く栄えていた場所、街の中心からは外れた所にあり、発掘も保存もされずほとんど荒れたまま、と例の案内書にあったので、亜那鳥さんが、

「なんとか――かんとか――アフラシャブ」

と左側の丘をさして言うのを聞き、

「ああ、これが、その――」

という気持ちで眺める。

丘には一つの廃寺があった。ゾロアスター教かマニ教のものらしい。ミナレット（寺院に付属する塔）やドームもあるがあまり大きくはなく、タイルはほとんど剝落している。日干し煉瓦と木造のお堂に目を引かれて乗り出すと、亜那鳥さんがジグリを徐行させてくれた。深い庇をつけ、前面に柱を並べ、壁、天井を彫刻や絵で飾ってある。これは日本の寺院の原型のようでもあり、またもし石で造られていればギリシャ神殿の形に

も似ている。本当にここは東洋と西洋の文化の接点なのだ。

道をへだてて古代の天文台の跡があり、ここも大樹に覆われている。

「すごい量の緑ですね。青々としてとてもきれい。樹木が皆大きくてすばらしいですね」

どれか一つくらい通じるだろう、と知っている英語を連ねていろいろ言ってみると、どれかが通じたらしく、やはり露英混合の返事があった。彼も同じことを違う言葉で繰り返し言ってくれているらしい。美季が理解したロシア語と玲子が聞き取った英語をつないでみると、

「今は緑の一番美しい季節、一年中こんなわけではない。真夏になると樹木の葉は傷んでくるし、下草はみな茶色になってしまう」

ということだった。

アフラシャブの丘を左に見て坂を降りた所で、木立に囲まれた公園の中の公会堂のような建物が見え、ジグリはその前で停まった。

ドアが開くと、暑さの収まってきた夕方の風に乗って美味しそうな匂いが流れてきた。木立の中全体に薄い煙が立ち込め、匂っている。どこか近くで肉を焼いている。

ナターシャが笑いながら近づいてくるのでびっくりする。アンナも一緒だった。ナターシャの弟という人もいて、ナターシャたちはその車で来たという。そのころロシアでは、車は申し込んでから少なくとも三年はかかるといわれていた。車を兄弟で持っているなんて、よほどの裏金か裏工作が必要だったに違いない。

建物の中は、二階も階下も大小の丸いテーブルが程よく並べてあるが人はほとんどいない。非常階段のように外壁に取り付けられた段を登って広いテラスへ出た。人々はこちらの方が好みのようで、テーブルがせせこましく並べてあるのにほぼ満席である。大きな木が茂り合い、半袖では涼しすぎるくらいの風が渡る。

見下ろすと庭にもテーブルがたくさん置かれ、チュビチェイカ（黒地に白糸で刺繍をした四角い小さな帽子、中央アジア男性の民族帽）をかぶった男性やカラフルな矢絣模様の民族衣装を着た女性、子供たちも混じえて賑やかに食事を楽しんでいる。庭の隅の大きなテントからひときわ濃い煙が流れ出て、これが匂いのもとだった。

まず、お茶が出る。

ウズベク・チャイはロシア系の紅茶ではなく、日本の焙《ほう》じ茶《ちゃ》に似ている。ミルクも砂糖も入れないいし（好きな人は入れても良いそうだが）食事の前にまずたっぷり出てくるところも日本風だ。急須《きゅうす》や取手の無い朝顔型の湯飲みも、旧ソ連内という土地で出合うのはちょっと意外だ。ただ模様は、紺地に白と金の、図案化した綿の花だ。綿は絹とともにこの国の特産品である。

じゅうじゅうと音をたてながら、美味しそうな肉が大皿に山盛り出てきた。日本では「トルコのシュシュカバブ」として知られる串焼き肉はここでは「シャシリク」という。油で揚げてから串にさし、炭火で焦げ目をつけて香ばしくする。幅二センチ、長さ三十センチくらいの平たい串にびっしり刺してあって豪快だ。

「熱いうちがおいしい。冷えないうちにどうぞ。ほら、私たちも食べるから。後もまだ来るからおなか一杯食べて」

手真似と表情と声の調子で、心からそう言って勧めてくれている、というのが分かる。

初めの内、

「ホテルの夕食が入らなくなるから」

と小声で話し合って自制していた三人も、一串目の美味しさに負けて、二串、三串、そのうち、

「ホテルの食事は入らなければはいらなくてもいい」

という気分になってきた。

大変柔らかく、牛とは違うような気もするが、羊にしては特有の臭いが無いし脂っぽくもない。

「これ、何の肉？」

残念ながら美季は牛も羊もロシア語を知らず、亜那鳥さんはどちらの英語も分からない。

アンナが言った。

「道」

テーブルの上に右腕を伸ばし、左手の指をその側に沿って動かす。

「ホテル、ここ」

遠くを指してからその指をテーブルにつける。

（ホテルからここへ来る道の脇）

と分かる。

人差し指と中指を下向きに立てて交互に動かして歩く動作をしてから、両手で頭の上に角の形を示した。

（ホテルからここへ来る道の脇を歩いていた角のある動物）

と分かる。だが、道の脇ではあちこちに水の流れと草地があり、白や黒や茶色の牛、山羊、羊などが、歩いていたのだ。

「モー？　メエ？」

鳴き声で尋ねてみると、答えは、

「ムー」

最後まで、しかとは分からなかったが、やはり牛肉のようだった。それもアメリカ系の牛ではなく、神戸牛か松阪牛系の。

レタス、長いままの青ネギ、茴香《ういきょう》、それに初めて見るハーブいろいろのサラダ。

ウズベクのナンは西洋のパンと中国のピン（餅）との中間くらいの固さと膨れ具合で甘味とコクがあり、香ばしい。

とにかくおいしくて、ついつい食べ過ぎてしまった。

ここが中央アジアで一番といわれる「サマルカンドのチャイハナ」だと亜那鳥さんが自慢する。

この後の旅行中、屋台の前に木の腰掛を置き、文字通りチャイだけを供するものや、喫茶店風のものなど、いろいろなチャイハナを見たがこれほど大きく立派なものは他になかった。

　のちに玲子が、

「シャシリクはすごくおいしい。食べてごらんなさい」

とツアー仲間にすすめたので、何人かが屋台やレストランのシャシリクを試みたが、

「すごくおいしい、というほどのものではない、あなたがたが行ったのは特別な所だ」

と言われた。

　また、添乗員の池田さんによると、

「シャシリクはどこでも羊肉のはずですよ」

とのことだった。

　会話は大変もどかしいが、ウズベク人四人と日本人三人の知識と知恵と勘を総動員して言葉が行き来する。

「ここへはよく来られるのですか?」

「ええ、時々みんなで来ます」

「冬はあの建物の中へ入るのですね」

「いいえ、私たちは冬でもこちらが好きです」

「寒いでしょう」

「零度近くなる時もありますけど、煙の立つ熱いものを食べるのは、ここが一番」

夫妻と娘たちはしゃべりながらも代わる代わる、

「もっとどうぞ」

と今出てきた熱い串を持たせてくれる。

「これもどうぞ」

と、ナンをちぎってくれる。チャイを注いでくれる。

「いいえ、もうたくさん」

正志は手を振って断った。

玲子には、ふだん彼が食べる量からみて、もう限度だと分かったが、彼は、

「あんなに勧めてくれるのに悪い」

と思ったか、あきらかに無理をしてもう一串食べた。

それにしても彼らはよく食べる。男性のがっしりした骨格も、女性の豊かな胸も、旺盛な食欲に支えられているのだ。娘たちもほっそりしている割にはよく食べた。

焼肉の下から現れた皿に玲子は目を近づけた。生活雑器なのに、いや生活雑器だからこそ、これはまさしくウズベクの器だった。ぽってりと、やや脆そうにさえ見える分厚さ、茶色の地に、緑、白、黒の素朴な手描きの幾何学模様は唐三彩の庶民版であった。

玲子は大皿と、綿花模様の急須とを指して言った。

「これも、これも、すてきねえ。本当にはるばるこの国まで来た甲斐があった、って気がするわ」

正志は言葉少ないが、もう一枚の皿にまだ残っている串肉を片寄せてその図柄を見、同感、とうなずいた。

亜那鳥さんが立って手招きをした。振り返りながら部屋の方へ行くのでついていくと、中へ入って天井を指さした。

「ああ、きれい」

玲子は思わず声を上げた。

天井は若竹色の濃淡のつる草の中に図案化した朱赤の花をあしらった、やや少女趣味ではあるが、目の覚めるように鮮やかな模様で埋められていた。

正志が、

「ほう、これはまた、違ったウズベクだ」

というと、

「イエス、ウズベク・デザイン」

亜那鳥さんは誇らしげに言い、感心して眺めている三人を残し、嬉しくてたまらない表情を、うれしくなどないような態度に隠して先に階段を下りて行った。

歩いて帰れる、という玲子たちを、亜那鳥さんが無理にジグリに押し込む。

ナターシャが窓を開けさせて、玲子の手に直接乗せたのは、いつの間に用意したのか大きな焼きたてのナンであった。熱い。

ホテルに着いてもニゴーラは美季を離さず、美季は結局、泊まりに行くことになった。

池田さんに、三人とも食事をしないことを告げて謝り、もう夕食を始めていたツアー仲間に、焼きたてのナンを食べてもらった。

ペンジケント

翌日は五月一日、メーデーである。

日本のテレビで見るモスクワの整然としたメーデーと違って、ここでは街全体のお祭りであった。グループを組んだ人たちが街の辻や公園で民族楽器を演奏したり、素人踊りを踊ったりするのだそうだ。

それに先立ってウズベク共和国（一九九一年当時）大統領がレーニン広場で演説をするという。サマルカンドは首都ではないから代理だろうと思うが、人々は民族衣装で着飾り、造花や風船を手に持って道いっぱいに行進する。

張りぼてやスローガンの垂れ幕で飾ったパレード車がつらなって、主な道路はすべて車両通行止めとなった。

アーニャが警察に交渉し、日本人を乗せたツアーバスはパトカーに先導され、人の波をかき分けながら予定より一時間遅れて町を脱出した。

ペンジケントはサマルカンドから約五十キロ東、タジク共和国（現タジキスタン）にある遺跡だ。前日町外れで見たアフラシャブの丘より更に古く、紀元前までさかのぼるソグド人の遺跡である。

サマルカンドの町を出ると、一面の綿畑となり人家は少ない。ところどころにレンガ造りのコルホーズバザール（公設市場）、古い教会を利用した何かの施設などがバスの窓をかすめたが、建物はだんだん少なくなり、ついにはほとんど見えなくなった。

ウズベク共和国とタジク共和国の国境には荒地と綿畑の中の一本道に、昔、日本で線路脇の踏切にあったような小屋と、竿を一本渡しただけの遮断機がある。それは、ちょっと走りにくいのを我慢して脇を通れば通り抜けられるような施設だが、一応遮断機が降りているので停車し、アーニャが下車して小屋まで行った。

しかし、すぐに戻ってきて、

「日本人のグループだと言ったら、どうぞ、と言った」

と言う。

見ると遮断機は斜めに上がっている。パスポートを見ることさえしない。帰途もその調子だったから、玲子のパスポートにはタジク共和国への入国記録はない。記念に欲しかったのに。

荒地や綿畑をへだてて南側には、中腹まで雪を被ったゼラフシャン山脈が強い日差しに雪をますます白く輝かせている。険しく、高く、そして遠いはずなのに、なぜかすぐ行けそうに見える。北側には対照的に、穏やかになだらかなトルキスタン山脈が雪も無く青々と見えていた。

またポツポツと人家が見えてきた、と思うと間もなく公園や集会場が現れ、みるみる人の数が増えてきた。家の数は少ないのにどこから出てきたのか、かなりの人々がメーデーパレードを楽しんでいる。

女性はやはり民族衣装が多い。五十キロほどの距離なのに、国が違えば衣装のスタイルも違う。布地は同じ原色鮮やかな矢絣模様だが、サマルカンドでは裾長のワンピース型、ペンジケントでは膝丈の上着の下に共布のパンツをはいている。年配の男性には、アラビアンナイトの挿絵のような姿の人もいる。

女の子は花模様のふんわりした服や西欧風の子供服で頭に大きなリボンをつけ、男の子は小さな背広を着せてもらったりして、日本の七五三のようであった。

人ごみはサマルカンドほどではなく、バスはゆっくりと小高い丘の下まで進んで停まった。

アーニャにみちびかれて丘の上へ出ると、丘の上一面が砂色の遺跡であった。

玲子と正志がメーデーパレードへの参加を断って午前中の予定を遺跡見学に決めた時、亜那鳥さんは、

「あんな所、何もない、古いだけだ」

と言ったが、人工の土の造形物がこわれかけたまま嵐の海の大波のように連なっているのは壮観である。壊れかけの建造物はむきだしの土色だが、建物の底(床?)や道らしい低い所には草がたくさましく茂り、黄、白、真紅、紫など野の花がたくさん咲いていた。

遺跡の説明は、入口近くに縦一メートル横四メートルくらいの立看板があって、当時のソグド人らしい、現代女性の裾長ワンピースのような赤茶色の衣裳に剣を吊り冠をかぶった人物が描かれ、ロシア語の簡単な説明があるだけだ。

看板の足元には直径五—六十センチの石臼、捏ね鉢、捏ね棒(杵か?)のようなものがごろごろと置いてある。中央に穴のあいた平たい石は、碾《ひ》き臼にしては厚さが薄いし、大きさも直径三十センチ—一メートルとさまざまだから、商売の交換用の銭であったのかもしれない。

ソグド人は商売にたけ、栄えたのは紀元前八世紀である。一九三三年には木簡が発見されたというが発掘作業はその後滞ったままらしく整備も復元もしていなかった。(一九九一年当時)

しかし、日本の木造家屋とちがって、土と日干し煉瓦でできているから、二千年以上

たった今でも、

「この辺りは商人の町」

と言われれば、なるほど小さな区画が連なっているし、大きな深い穴は、

「倉庫であろう」

用途の想像しにくい奇妙な形の一角は、

「宗教的な祭祀の場所ではないか」

など、それらしい形が残っていて、アーニャの説明は素人でも想像のつく範囲である。建物跡が広がっているのは大きな球場ほどの広さで、その外側は一面の草原である。

それこそ、

「何も無い」

まだらに草の生えている荒地に一本の道が通っている。昔の人が固めた跡か、発掘のための車の跡か。そのゆるい上り坂をたどってみた。

道は丘の上でいきなり途切れた。足元はほとんど垂直な崖である。崖の下はゼラフシャン川の広く平らな河谷であった。青々と樹木が繁り、白壁や赤い屋根の家が見え隠れする、人口三万のペンジケント市であった。

自分が今居る所の、荒れた遺跡の景色とのあまりの違いにしばらくぼおっと見下ろしていた。

サマルカンド

ホテルへ帰って昼食をとり、午後の市内観光に出ようとしている時、美季が戻ってきた。

ニゴーラの民族衣装を貸してもらい、一家の人たちと一緒にパレードに参加したのだという。

八十八種もの民族がいるというこの国でも日本人は珍しがられ、ロシア語が少し分かると知ると皆が話をしたがったそうだ。美季は丸顔にオカッパ頭だから、それが珍しいのかもしれない。

市内観光は日本語の説明を聞ける方がいいだろうというので、グループに合流するため戻ってきたのだが「今夜はまた七時に迎えに来るから、三人ともホテルの食事を断って待つように」との伝言だった。

美季もあまりに厚かましいと思ったか、

「一応辞退したのよね。でも、こまかい言葉が通じないでしょ。行かないって言うと本気で怒るしね」

困ったように言うが本音は困っていなくて、せっかく言ってくれるのだから行けばいい、と思っている顔つきであった。


わずか十七人のグループなのに、市内観光に大型バスが迎えに来て、アーニャが必ずついてくる。

行く先はホテルの窓から見えているところで、歩いても充分に行ける距離だったが、外国人を定められたところ以外には行かせないためであろう。ソ連は壊れたが、新しいロシアの制度はまだ整わない時期であった。

最初に、サマルカンド第一の名所レギスタン広場へ行く。

バスを降りると、まず、涼しげな木陰に座って民族楽器を奏でる四人の楽人たちの像がある。

その木陰を通り抜けると小学校の校庭くらいの広場を囲んで三大モスクがある。正面がティリャ・カリ、向かって左がウルグ・ベク、右がシル・ドルという。

京都のお寺がどれもよく似ているように、モスクもみな同じ様式で建てられている。中央正面に大きな四角い門があって、門には上の尖ったドーム形の入口が開いており、上部には太陽、動物、花などがタイルで描かれている。

モスクにはたいていメドレセ（宗教学校）が付属しており、ティリャ・カリのメドレセは二階建てで入口と同じ形の窓が左右八個ずつ門の両側に並んでいる。門もメドレセも壁面はすべてタイル張りで紺、茶、青、黒の幾何学模様で埋められ、つやつやと美しい。

シル・ドルの門の飾りは「勇猛なるライオン」と名前がついているが、このライオンはたてがみが無く、縞模様があってトラみたいだ。それにちょっととぼけた顔で「勇猛」にはみえなかった。

メドレセの両側には高いミナレット（祈りの時を告げたり灯を点したりする円塔）、奥には大きな青いドームがある。どちらもやはりタイル張りで、ここのミナレットの模様はニシキヘビの背中に似ている。玲子はヘビが苦手だが、青空に映えるこのミナレットは美しいと思った。

中央のティリャ・カリ・モスクに入る。

礼拝をしないのに中に入っていいのかな、と、ちょっとためらったが、メドレセの生徒らしい若者たちが立ったり座ったりしてくつろいでいるので入ってみた。

内部は、壁といい、祭壇といい、天井までも、これでもかというほど、金を多用したこまかいタイルのアラベスク模様で埋め尽くされている。豪華華麗の極みだが日光東照宮を「やりすぎ」と見た目には、やはり、過剰ではないかとも思えた。

建物はどれもタイルの艶が陽に映えて、遠くから見ると実に壮麗だが、近くで見るとタイルの張り方は日本の浴場などを見た目には案外粗雑であった。

左手のモスクはウルグ・ベクという。そういう名前の人のモスクである。

サマルカンドは十四世紀のチムール建国後長い間、中央アジアの文化、宗教の中心地であり、多くの知識人たちが訪れた。

チムールは戦い、征服したが、国内を守り文化を興隆させたのはウルグ・ベクといわれる。ガリレオより百年も前にこの地に直径三十メートルの六分儀（天体の高度を測る装置）を造ったのも彼である。ウルグ・ベクのモスクは三大モスクの内では一番小さくてタイルの模様も地味だが、彼にはかえってふさわしいと思えた。六分儀の跡は今も元の形が想像できるほどに残っている。

私たちから見ると、国のためにも大きな功績を残した人だが、五十七歳の時、宗教上の理由で殺されたという。新しい科学的な思考をしたために回教の思想と相容れなかったのであろう。現代でも女たちが外国の学校へ行ってさえ被り物を外せないという教えの強さを考えると、五—六百年も昔にはあり得ることだったと思われる。

ターミナルの周りに並ぶテント張りのチャイハナを冷やかしてからまたバスに乗り、次の見学地シャーヒ・ジンダへ向かう。チムールの時代、身分のある女性はここに葬られた。

門前の細長い道に、各国からの観光客を乗せてきたバスがずらりと並んでいる。その列の最後尾に私たちのバスが着いたところで降ろされた。添乗員の池田さんについて狭い道を進む。かなりの人出だ。アーニャが後ろから、もっとゆっくりと見たい私たちを、他のグループにまぎれこまないよう羊の群を守る犬のように追い立てる。

門を入ると足元は亀甲型の石を敷きつめたゆるい上り坂で、両側に廟が建ち並ぶ。

廟は、日干し煉瓦の囲いの中の粗末な台の上に棺が一つ乗っているだけの祠のようなものから、壁や棺のタイルも鮮やかな、それだけで一つの寺院のように大きなものまでさまざまである。大きな廟には青いドームもついている。

十四―五世紀の中央アジアに丸い屋根が多いのは、このころ、木材でドームを形作り土で覆って仕上げる工法が広まったからだそうだが、ドームは今もきれいな丸い形をしていて、中心部が木造とは思えない。

ドームは初期には土で固められただけであったが、まもなくタイルで飾られるようになった。それはつるりと真っ青であったり、全体をアラベスク模様で埋められていたり、またコーランの一部が描かれていたりするが、古いものは上のほうからタイルが剝げ落ち、草がまばらに生えて、年をとった人の薄くなった頭頂のようである。

或る廟で、棺の上に人が寝ていて驚いた。石棺の連想から一瞬死人かと思ったが、よく見ると汚れた民族衣装の浮浪者であった。廟の中はひんやりと涼しく、昼寝にはいいだろうが、観光客は一様に一瞬ぎょっとしては、あと「なるほど」と薄笑いをしていた。

坂道の途中に石段があって、この段を数えて行きも帰りも同じ段数になった人は天国へ行けるという。登る時に数えてみたが、わずか四十数段で、間違うことはあるまいと思うのだが、なにしろ古い石段で各段の高さも不揃いだし大きく欠けているところもあるから、数え間違う人もいるのかもしれない。回教徒の人たちは天国へ行くことをそんなに難しいこととは思っていないのかもしれない。

石段を登りきったところに、ひときわ大きく美しい廟がある。これはチムールの姪シャディ・ムルクの廟だという。古いアラビア語では「姪」と「妻」は同じ語だそうだから、彼女はチムールの妻の一人だったのだろう。言い伝えでは彼が三十五歳のとき、彼女が二十四歳の若さで死んだのを悼んで、この美しい廟を建てたといわれている。

チムールには公称で八人の妻がいたそうだが、このシャディ・ムルクとビビ・ハニムが有名である。

ビビ・ハニムも美しい人で、インド遠征のころ、チムールは彼女を最も愛《いと》しんでいた。彼女はチムールがインド遠征から帰るまでに、その功績をたたえ凱旋を祝うため新しいモスクを造ることにした。しかし、チムールは予定よりも早くインドを制圧し帰途についた。その知らせを聞いた彼女はモスクの建築家を急がせた。しかし、かねて妃に恋焦がれていた建築家は、

「これ以上は働けません。でも、お妃様が一度だけ接吻を許してくださるなら、死ぬ気で完成させます」

という。

ビビ・ハニムは自分の代わりに後宮のどの女でも与える、と言ったが建築家は聞き入れず、迷った末に一度だけ許すことにした。しかし、その接吻があまりにも激しかったため、キスマークが残って跡になってしまう。

チムールは帰還して、新しいモスクの美しさに驚き、早速礼を言おうと妃を訪れ、そこでキスマークを発見、哀れなビビ・ハニムは自分が造らせたモスクのミナレットの上から投げ捨てられた。彼女は八人の妃の内最愛の妃であった。それだけにチムールの怒りも激しかったのであろう。

そのころ、モスクのミナレットは罪人を袋に入れて投げ落とすことに度々使われていたという。

ビビ・ハニム・モスクは妃の名前がついているが王に捧げられたモスクなので、シャーヒ・ジンダの中ではなく別の広い場所に今も残っている。大きな美しいモスクである。

ところでシャーヒ・ジンダとは「生きている王」という意味だそうで、礼拝中に異教徒に首を切られた王が自分の首を抱えて不死の井戸に入り今もそこで生きている、という言い伝えによる。

一番奥にある彼の廟は作りも質素で古めかしく、タイルもメッカの方角を示す礼拝所など要所に張ってあるだけだ。そのタイルも他のモスクに比べて色が淡く、日本古陶の藍に似ていた。また、ここの石畳は人の歩く部分だけひどく磨り減っている。これらのことから見て、もともとここはこの王の大きな廟であって、後世その参道に女性たちの廟が次々と造られたもののようである。

この廟の更に一番奥、薄暗い室に座敷牢のような格子があって、その中の井戸に今も王がいるという。そんなことを信じない異教徒にも、なんとなく不気味であった。

またしても遅れがちな正志と玲子はアーニャに追われ、走ってグループに追いつく。門を出ると、先ほど心覚えにしておいたバスの列のようすが全く違う。戸惑っていると列のはるか前の方から添乗員の池田さんが手招いていた。ここは一本道で、バスの列は客が廟の中を観光している間にもじわじわと前へ進んでいたのだった。

席についてほっとしてから思い出した。

帰りに石段を数えるのを忘れていた。もう再びここへ来ることはあるまいから、回教の天国へは、やはり行けないことになってしまった。「片手にコーラン、片手に剣」という勇ましい世界の天国もちょっと覗いてみたい気もしていたのに。

でも、モスクで礼拝することさえ許されない女の身では、どうせ行けないのだろう。

亜那鳥さん　II

七時少し前にロビーへ迎えに来てくれた亜那鳥さんは、玲子の顔を見るなり、

「ペンジケントは面白かったか」

と言う。

玲子は、興味深かった、と言う意味で面白かったのだが、どうやら彼は、

「ペンジケントなんかだめだと言ったのに無理に行って、どうせ面白くなかっただろう」

と言いたいらしい。玲子にすれば、そうそう彼に甘えるわけにはいかない、という気もあったのだが、彼は、

「朝から付き合ってくれれば、もっといろいろしてあげられたのに」

と思うらしかった。

美季が言うとおり、遠慮なんかするほうがかえって悪いようだ。

亜那鳥さんの家はそんなに大きな家ではない。その辺りの他の住宅と同じく、大通り

から少し入った木立の中に、垣根も作らず、ただ隣家と適当な距離をおいて建てられた土造りの半地下式の家だ。この建て方は寒暑の差の厳しいこの地方で室内の温度差を和らげ、低いことによって砂嵐の暴力からも守られているのである。玲子は、ふと、日本の竪穴式住居に住んでいた人たちは、この地方から移動してきたのではなかったか、と思った。あの住居は竪穴というより半地下式である。

家の前にはよく繁ったブドウ棚があって、ドアの前に絨緞が置かれ、ここで靴を脱ぐ。これは意外だった。ドアを入るとすぐに急な下り階段がある。窓は外から見ると地面すれすれにあったが、中から見るとかなり高い天井ぎわにあった。

窓にはレースのカーテン、その下には壁いっぱいに、いろいろな花を織り出したタペストリー、もう一方の壁には動物たちの遊ぶ姿の絨緞がかけてあるが、これは全部毛皮をつなぎ合わせたもので、兎には兎の皮、鹿には鹿の皮が使ってある。山や草むらまで、それらしい色の毛皮で、天井から床まである見事な物だ。

「さわってみてもいいですか」

玲子は毛皮を撫でてみた。今は神戸で息子夫婦の世話になっている猫のミーコより手触りが良かった。これはこの暑い国の物ではなく毛皮の豊かなロシア地方の工芸品であろう。

正面のゆったりした椅子にお年寄りが一人座っていた。自分の鼻を指して、

「バブーリ」

と自己紹介する。美季に聞くと「おばあちゃん」の意味だそうだ。七十歳というが、三つ編みにした毛先をぐるりと巻きつけたおしゃれなヘアスタイルで表情も若々しい。そして、この人も豊かな胸をしている。

ナターシャの弟も、奥さんと二人の子供を連れてきた。奥さんはインド風の顔立ちだ。

まず、ウォッカで乾杯。羊肉のたくさん入った焼き飯が出る。大きな水餃子がでる。トマトのスープ、ハーブのサラダ、ナン、どれも大皿に山盛り出てくる。全部ナターシャの手作りだという。

各自にスプーンとフォークが出ているが、

「本当はこうして食べるの」

ナターシャが指先を上手に使い、焼き飯を適当な量かき寄せて皿にぎゅっと押し付け、固めてぱくりと食べてみせる。

ご飯は炊くのではなく、さっと茹でて笊にあげ、あと、肉と混ぜて炒めるので、米の

性質もあって粘り気が少なく、うまくまとまらない。三人とも何回か試みてなんとか成功する。玲子は、

「レーカが一番上手」

とほめられてうれしくなり、

「ほら、こうでしょ」

とやって見せたが、今度は失敗してばらけてしまった。

「もっと食べて！」

「おいしくないの？」

「これは嫌い？」

「じゃあ、こっちをどうぞ」

「どうして食べないの？」

「もう一つくらいたべられるでしょう」

食べても食べても皿が空になる前にまた誰かがつぎたしてくれる。味は大変良く、肉も柔らかくておいしいのだが、量が絶対的に多かった。

部屋はカーテン、テーブルクロス、壁掛けなど、どれも布をふんだんに使ってあって、

豊かな感じがするがあまり広くはない。奥にまだベッドルームなどあるのだろうが、家全体としてもそれほど大きくはなさそうだ。

テレビとレコードプレーヤーとテープレコーダーが置いてある。亜那鳥さんがウズベク音楽のテープをかけ、ナターシャが立ち上がって踊りだした。ロシア音楽より中国音楽より日本の阿波踊りのヨシコノに近い。手振りまで似ているのに驚く。

一曲終わると、

「一緒に踊ろう」

と引っ張り出しにかかる。亜那鳥さんも踊りだす。バブーリも座ったまま手振りをして楽しんでいる。とうとう三人とも引っ張り出され、見よう見まねでウズベク阿波踊りを踊った。

ところで、このバブーリは亜那鳥さんの親ではなく、ナターシャの母親で、ノヴォシビルスクからお嫁に来たロシア人だという。亡くなった父親はこの土地の人だったそうだが、弟もナターシャの弟だというし、亜那鳥さんは入り婿なのだろうか。ウズベクの家族制度がどうなっているのか知りたかったが、少し立ち入りすぎる気がしたし、言葉の壁もあって聞けなかった。

男の子たちが退屈してぐずりだした。五歳と四歳だそうだから無理もない。大人たちばかりで騒いでいたお詫びに京友禅の千代紙セットを一つずつ進呈する。彼らが現金に笑顔を取り戻したところで、亜那鳥さんが、

「これはただの模様見本か何かに使う物か」

と尋ねるので、手帳を破って鶴を折ってみせる。

小さな紙をひねくっている指先を、八人が頭をくっつけるようにして見ていたが、最後に、羽をひろげて、美季が、

「ジュラーブリ（鶴）」

というと、一斉に、

「おー」

と、声を上げた。

玲子はそれまで、それほどとは思っていなかったが、こうしてみると折鶴は実によく鳥の形を表している。それに夏を北の国で過ごす鶴はロシアの人にとってもなじみ深い鳥なのだった。あとで聞いたところによると、ロシアでは鶴は、戦いで亡くなった人の魂を連れて帰ってくる鳥と思われているそうだ。

ついでに大人たちへのお土産を取り出す。チップが要らない国だと聞いていたので、土地の人に何かお世話になった時のお礼にと持ってきたのだが、こういうことになるとは思っていなかったから、ささやかなものばかりである。それでも固く辞退するのを押し付けるように受け取ってもらった。

外国たばこと小さな計算機が喜ばれることは知っていたが、夜光のサインペン、日本の絵葉書も珍しがられた。繊維産業の盛んなこの国で考えれば当然だが、ハンカチや袋物は失敗だった。デザインが珍しい、と喜んではくれたが――。

バブーリは皆が遠慮している時から欲しい気持ちを隠しきれずに触ってみていた時刻になると鶏が頭を出して「コケコッコー」と鳴く卵型の時計がいたくお気に入りだった。踊りのお返しに日本の歌を一曲おいて行こうと三人で相談して「さくらさくら」をゆっくり歌った。意外なことに二人の小さな男の子が「もっと」「もっと」と言ってくれる。

こちらの方が感動して、
「では、もう少し長いのを」
と、「花」を歌った。こんなことなら一回だけでも練習してから来ればよかった。

おいとまをしようとすると、バブーリが、

「では、あなたたちだけどうぞ。この子はもう、うちの子にするから帰らなくていい」

と美季を捕まえて離さない。亜那鳥さんも、

「二十二歳にもなって婚約者がいないなんて信じられないが、ウズベクの男は嫌いか」

という。ナターシャは大きな写真を持ち出して、

「これは末の弟だが、この子は顔が東洋的だし、どうだろう」

と、美季の顔をうかがう。

全くの冗談とも思えない真剣な顔つきに戸惑ったが、そんなことを急に決めるわけにもゆかないので、こちらは冗談にして紛らせてしまった。もてなし上手な民族のお世辞の一つとは思ったが、なにやらとても温かいものが伝わってきた。

「トイレをお借りしたいけど、ホテルに帰ってからにするわ」

玲子が小声で言うと、

「その方がいいよ」

美季が答えた。

前夜泊まった時、バブーリが新聞紙とマッチをくれた。何のためかと思っていると、アンナが別棟の小さな建物に案内してくれた。まず扉を開けてから新聞紙に火をつけ、

「はい、今」

と言われて中に入る。アンナが扉を開けたまま待っているので困ったが、そのような習慣らしかった。

新聞紙が燃えている間に観察したところによると、一坪ほどの木の床の真ん中に煉瓦の大きさほどの穴があるだけで、枠などは一切無かった。どこかへ流れていくようで、あまり臭いもしなかったし、皆お行儀よく使うらしく汚れてもいなかった。水洗トイレを造ったが、故障して修理ができない、とのことだった。

美季はアンナと同じ部屋に寝たが、寝る前に彼女は、

「トイレに行ってくる」

というと、下半身すぽんと脱いで走って行ったので、またびっくりした。相手が十六歳にもなる女性なので脱いだ姿も、脱いでいったものもまともに見られなかったが、下穿きをつける習慣はないようだった。

「向こうが平気なんだから、どぎまぎしないでちゃんと見ておけばよかった」

と美季は笑った。

トイレの造りは、玲子がこの朝利用したペンジケント博物館のものも同じであった。

ババーリも、おとなしい弟も、その奥さんも、小さい男の子たちまで、みな表のぶどう棚の下へ出てきて、口々に何か言っては握手をしたり、頬をつけたりして、なかなか車に乗れない。

玲子は、

「ダスビダーニャ（さようなら）」

と、

「スパシーバ（有難う）」

だけしか言えないもどかしさに、あとは日本語で数々のおもてなしのお礼を言った。

気が付くと正志も、

「スパシーバ」

を繰り返していた。

真っ暗な道をヘッドライトだけが照らす。

亜那鳥さんは相変わらずロシア語に英語を混ぜて、

「ジグリはロシアのトヨタだ」

「サマルカンドでどこが一番良かったか」

「またぜひ来てくれ」

などひとりでしゃべり続ける。街灯に照らされた大通りへ出ると、もう間もなくホテルであった。

亜那鳥さんがジグリを停めて、後ろ向きになり、自分のシートの凭れの上に両手を差し出した。美季が身を乗り出すと、助手席のナターシャも後ろ向きになった。誰の手が誰の手とつながれているのか分からなくなるまで何度も何度も握り合った。

はじめ笑っていた美季の眉がゆがんでくると、次第に頭を垂れてしまい、そして急に、ぱっと車を出て、ひと声、

「ダスビダーニャ」

と叫ぶと、振り返りもせずにホテルの玄関に走り込んでしまった。

大人たちは車の外に出て、もう一度しっかりと握手をし合って別れたのだった。

シルクロードの十字路

砂漠の盗賊たち

朝食後すぐにバスが出るというので、そのまま出発できるよう、荷物も身支度もすべて整えて一階の食堂へ下りる。

今日の朝食は、茴香《ういきょう》のたくさん入ったサラダ、白く柔らかくほろほろとこわれやすいチーズ、羊肉のピラフ。

初めてのものにはなんでも抵抗する夫の正志《まさし》は茴香の香りが苦手でサラダをより分けているが、この香草はここではよく使われ、ピラフにもみじん切りで入っているので食が進まない。

若い人がバザールで買ってきたという乾しブドウやナツメが回ってくるが、

「このツアーコースに参加する人はよくお腹をこわされますので気をつけてください。毎食後セイロ丸を飲んでおくといいですよ」

添乗員の池田さんが優しい声で怖いことを言うので、むげに断るのも悪く、おそるおそる少しだけいただく。

実は正志は昨夜招待されたアナトーリ家の晩餐で食べ過ぎたのか調子がよくないのだ。飲み物は口がしびれるほど酸っぱいヨーグルトが、ふつう家庭で使うガラスのコップより大きいグラスになみなみと出てくる。この地方の食べ物と気候風土の中で健康のために必要なのだろうと目をつむって飲み干す。正志は酸いものが苦手なのに、苦い薬を飲むような顔をして飲んでいた。

木苺のジャムと暖かいナンはほっこりと甘く、チャイはぬるいが、この乾いた国ではご馳走である。

今日は午前中ずっと西へ向かって走ることになるので、左側の座席は陽が照り付けて暑いし、何か珍しいものを見つけても逆光で写真が撮りにくいだろう。

玲子は、バスに限らずいつも団体で乗り物に乗る時は、早めに乗ってよい席を確保する。十六人のグループに大型バスが用意されているから座席の数は充分だが、走る路線の条件によって理想的な席は限られてくる。後から来て良くない席に座る人に少し後ろめたい気がしないでもないが、二度とは来ないであろう所をしっかりと見ておきたいし、写真も撮りたい。

右側に座れたので、まず外を見る。

昨日のメーデーパレードで人々が手に手に持っていた白い紙の花が広場にいっぱい散らばり、夜の通り雨で道路に張りつき、そして今朝の日差しでもうすっかり乾いていた。派手な原色の矢絣模様の民族服クイナクを着た女性がバスの乗り口に近づき、池田さんに何か言いながら玲子を指差している。クイナクと同じ布で頭を包み、その端を額の上でぴんと立てて結んでいるので、何かしきりに説明して頭を動かすと、鮮やかな色の布端が動物の耳のようにぴょこぴょこ動く。

心当たりが無いのでわざと視線をそらせていると、池田さんが自転車のチューブを輪切りにしたような黒いゴムを持ってきた。ヘアピンがくっつけてある。

「私に？」

「そうらしいですよ」

女性は窓の下へ来て、自分の髪をまとめて留める仕種を何度もしてみせる。これが髪を留めるのに使う物らしいことは分かるが、なぜ何のために玲子にこんなものをくれるのかが分からない。とにかく物をくれたのだから、と思って頭を下げる。

現地ガイドのアーニャが前日の青いジャケットからこの日はピンクのTシャツに着替え、同性にもまぶしい大きな胸をゆさゆさと揺すらせながら走ってきて乗り込み、バスは出発した。

いつまでも見送っている女性のクイナクの鮮やかな色が並木の緑に溶け込むころ、ふっと思い出した。前夜アナトーリ家でおみやげに二つもらった大きなナンを食べ切れないので一つ上げた人だった。『ジェジュールナヤ』といって、この国のホテルでは各階にいる世話係の女性だった。勤務中はブラウスとスカートだったので印象が違い、思い出せなかったのだ。

食べきれないナンを階段横の彼女らの部屋へ持っていき、

「失礼ですがもしよかったら食べて下さい、ご不要なら捨ててください」

と言いながら渡したのだが、黙って奥へ持って入ってしまった。あちらはウズベク語かロシア語しか分からないし、こちらは日本語と片言の英語しかできないのだから、通じたのやら通じなかったのやら。彼女が余りもののナンをどのような気持ちで受け取ったのか気になっていたので、喜んでくれたのだと分かりほっとした。

儀礼的に物をやり取りすることの多い日本の生活の中では、贈答はわずらわしいものと思う気持ちが強かったが「物」がこのように「心」を伝えてくれることもあるのだった。もっとうれしそうな顔をしてしっかり頭を下げればよかった。

後になって、この地方ではゴムは貴重品なのだと聞いた。


サマルカンドの市街地は道路も公園も青々とした緑に覆われていたが、ホテルから二十分ほど走ると一面の綿畑となった。区画され耕されているので畑と分かるが、ちょうど種をまいたところだそうで、緑色は見えず茶色の土ばかりだった。

綿畑の地域をすぎるとあこがれていたウズベクの砂の地域に入る。

ブハラへのバス道路は地図で見るとゼラフシャンの続きのカラバリヤ川にほぼ沿って走っている。砂漠の中の川は地図でその形を見ても、どちらへ向かって流れているのか分からないが、はるか東にパミール高原があり、西の方には、小さな――といっても琵琶湖よりは大きい湖がいくつかあるから、多分東から西へ流れているのだろう。何百キロも流れているのだから大きな川にちがいないが、バスの窓からは一度も見えなかった。

鉄道が近づいたり離れたりしながら同じブハラへ向かって延びていて、長い長い貨物列車としばらく並行して走ったり、踏切の向こうに緑色の客車が見えたりした。

バスの方は、不必要なほど幅が広くて他の車はほとんどない道を、砂塵を巻きあげながら走る。

コンクリートの水路があった。日本で普通に見られるU字型ではなくV字型である。上縁の幅一メートルくらいで、砂漠に水を供するには心細い大きさだが、道路に沿って、或いは畑を区切って延々と続いている。この水路には脚がついていて地上五十センチほどの高さに保たれている。砂嵐の時、脚の間を風が吹きぬけ、水路が砂に埋没することを防いでいるのだ。

道路の沿線では、元は砂漠であった所が運河やこのような水路によって灌漑され、畑、牧草地、果樹園などに生まれ変わっているところが多い。

バラやグラジオラスを栽培している地域に入った。真っ赤な花が人々の好みらしく、満開の花畑は燃えるようだ。

「わあ、きれい」

皆が歓声を上げているとバスが停まった。花を見せてくれるためかと思ったら、トイレ休憩だという。運転手の説明を池田さんが通訳してくれる。

「そこに農家が見えるでしょう。その家を道に沿ってぐるっと回ると池があって、その池の向こうだそうです」

行き方はその通りだが、家も池も思ったより大きくて、トイレまで五十メートルくらいあった。ウズベクのトイレはどこでも建物から独立してかなり離れた所に建てられている。旧式日本型トイレに似た溜めこみ式ではあるが、極度に乾いた空気のせいか、虫も臭気も気になるほどではない。

遠いうえに男女共用で一つしか無いので、先に行った女たちが並んでいるのを見て、脇道の草むらに入っていく男たちもいた。

十メートル四方くらいの四角い池に大きなヒューム管から大量の水が勢いよく流れ込んでいるので、近くに水源となる山や高い揚水塔があるのかと思って見渡したが、そんなものはどこにも見えない。はるか遠くに山並みが見える。山とこの道路の間のどこかにカラバリヤ川が流れていて水はそこから来るのだろう。

バスからトイレまでの小道はお花畑の中を通っている。帰り道、バラの手入れをしていた男がふと顔をあげたので、

「ズドラーストビーチェ（今日は）」

と言ったら、大輪のみごとな紅バラを一本切ってくれた。

「スパシーバ（有難う）」

「パジャールスタ（どういたしまして）」

たったこれだけでも言葉の通じるのはうれしい。バスに戻って皆に赤いバラをみせびらかすと、

「なんであなただけ！」

と羨ましがられた。

正志のお腹は、酸っぱいヨーグルトがよかったのかたいしたことなくすみそうだった。

バスの揺れかたが少なくなった、と思うと、道路のようすが変わっていた。道幅の中央部分三車線ほどだけ舗装されている。舗装されていない部分では草がまばらにはえていて、牛がつながれていたり、少年が羊をつれて歩いたりしていた。

また突然バスが停まった。

運転手が降りて車の後ろにまわり、機械を点検しているようだがなかなか動かない。

アーニャがようすを見に行き、しばらくして戻ってきた。

「少し時間がかかるようだから、降りたい人は降りて休んでいてください」

と池田さんの通訳である。

ちょうど右手に小高い丘があり、木も生えていて涼しげだ。こんな所を散策できるなんて思わぬ拾い物だ、とぞろぞろ降りる。

丘の上には馬と羊とロバが各一頭いて、男が三人木陰に座っている。馬と羊は長い綱を引きずりながら伸びた草を選んで食べているのに、なぜかロバだけは地面に打ち込んだ杭に短い鎖でつながれ、乏しい草を前歯でむしりとって食べていた。

丘の向こうはただの地面の広がりだ。風紋のできるような粒の揃った砂地でもない。動物が食べるほどの草も生えていない。ただ石ころと茶色の土くればかりが地平線まで続いている。キジル・クム（赤い砂漠）だ。

土埃が風に舞い、地面の近くは黄色く濁っていてよく見えないが、はるか遠くに集落らしいものがある。その辺りに濃い砂塵の固まりが動いているようなので、何だろうと目を凝らしていると、やがてそれは馬に乗った人の集団だと分かった。体を前へ倒し、手綱を引き絞り、すごい勢いで走ってくる。昔読んだアラビアンナイトの盗賊の現れ方にそっくりなのでうれしくなってしまう。ただ数は四十もなくて、五—六騎らしい。

見ている間に丘の下に到着して木の影に入った。こちらへ登ってくるようなので美季に教えてやろうと辺りを見回したが、丘全体に散らばっているツアー仲間の中に美季の姿が無い。どこへ行ったのだろうと歩きながら探していると、なんと、丘の下から上がってきた馬の背に美季が乗り、こちらへ向かってVサインをしている。にこにこ笑いながら手綱をとっているのは見知らぬこの国の男だ。

「あんた、どうして、いつの間に……」

「この国の馬に乗れたなんて、うれし過ぎて、信じられない」

美季は小学生のころ、お小遣いで人参を買っては近くの馬術クラブに通い、たまに気まぐれな人に馬に乗せてもらうのがなによりうれしい馬好きだった。

このツアーグループは中高年の人が多いのだが、中に若い男性が四人いた。どことか大学の医師の卵たちだという。年齢が近いせいか美季はこの人たちとよく一緒に行動している。

さっき、この人たちは、玲子より早くこの集団に気付いて丘の下まで見に行ったらしい。

出会うとすぐ馬上の一人が尋ねた。

「外国タバコをもっていないか」

「少しならあるよ」

「幾らだ？」

「お金は要らない。バスの中においている」

「ぜひゆずってくれ」

「いいよ」

日本の若者とのこんなやりとりを、少しロシア語の分かる美季が通訳したあと、

「馬に乗りたいか」

「乗りたい」

そこで乗せてもらった、ということだった。

昔、漢の王が熱望し、使いを派遣して探し求めたという「汗血馬」はこの辺りの産だったということだが、その子孫たちは、現在日本の競馬場でみられるサラブレッドに比べると、小柄で脚が短く太く顔が大きい。そしておとなしそうだ。

連銭葦毛《れんぜんあしげ》（全体に灰色で腰の辺りに黒い輪模様がある）や、やはり灰色だが鼻と脚と

尾が黒い馬などもいる。この土地の人たちはそんな馬に大きな座布団のような鞍を置き、ジャケットにジーパン、スニーカー、という服装で乗っている。

チュビチェイカ（黒地に白糸で刺繍を施した小さな四角い民族帽）を被った男は脚の白い栗毛《くりげ》（茶色の馬）に乗っていて、その後ろにはスラブ風の顔立ちをした十歳くらいの少年がいた。親子だろうか。馬の尻の部分は裸馬で鞍も鐙《あぶみ》も無いのに鞍の後ろ端を軽く摑んでいるだけでらくらくと乗っている。さっき、あのスピードで走った時は父親にしがみついてでもいたのだろうか。

髭の真っ白なお爺さんがいた。一団の長老といった風格で絣木綿の長着に幅広の帯をしめ、半長靴を履いている。頭にはタオルをターバン風に巻いている。この人の馬は他の人々の馬とは違う脚の長い黒馬で、皮造りの鞍には房飾りの毛布が掛けてあった。

日本人たちは喜んで写真をとりまくる。しかし彼らのほうはよい写真を撮ってもらおうなどという気は全くないので勝手に動き回り、なかなか良い構図にならず皆苦心していた。

ひとしきり騒いだあと、

「この人たちは僕らを見に来たんだね」

と誰かが言う。

そう言えばこの場所では、こちらの方が彼らよりよほど珍しい存在なのだった。目の良い彼らはバスが停まったのを砂漠の向こうから見つけて見物に来たのに違いない。

また一人、ロバを連れた少年が私たちを見に来た。引かれてきたロバは前からいたロバに親愛の情を示して、高くいなないた。ロバのいなきを初めて聞いた日本人の若者たちは、その派手さと迫力に驚いたり喜んだりしていた。

アーニャはバスの横を前へ後ろへと歩き回っていらいらしているようすだったが、私たちにはちょうど良いくらいのタイミングで修理が終わった。

一時間ほど経っていたが、再び走り出してからの速さは猛烈で、タイヤの跳ね上げる石ころが車体のどこかに当たっては、ガツッ、ガツッ、と音をたて、乗客は座席で飛び跳ねるほどだったが、やがて急に静かになったと思ったら、素晴らしい舗装道路に出ていた。道幅は競技場の中を走っているのかと思うほど広く、ほとんどカーブも無く一直線、その上、ほかの車は滅多に見えないのだから、車の性能いっぱいに走り放題である。

そして、ブハラのホテルに到着したのは予定通りの十二時半、一時間の遅れを取り戻したのだった。

ブハラ

ブハラ唯一の外国人用ホテル―ブホロ・ホテルに着き、すでに用意されていた昼食をとりながらこの街について池田さんから簡単な説明があった。

大雑把な位置はパミール高原の西、タシケント、サマルカンドなど砂の国としてはまだしも人の住みやすい地域の西の端、広大なキジル・クム砂漠の東端にあたる。玲子は砂漠の名前といえば「ゴビ」と「サハラ」くらいしか知らなかったが「キジル・クム」も広さからいえば日本の本州くらいあるらしい。

街のはずれに高くそびえるカリャン・ミナレットは「砂漠の灯台」といわれている。何も無いところを遠く旅してきた人にとってどんなにか心強い目印だったのだろう。

ブハラにはサマルカンドと同じような大きく美しいモスクも幾つかあるが、それよりもっと古い遺跡がたくさん残っている。サマルカンドがウズベクの京都とすれば、ブハラはウズベクの奈良といったところか。

また、ブハラは小さいながら古くから独特の産業もあって、絹、木綿、ラメ糸、綿実油は有名である。一五二〇年には天然ガスが発見されてヨーロッパへも供給している。


食事がすむとすぐ町の観光に出た。

街の中の水路は幅二メートルくらいであまり大きくはないが側壁が田の畔のように塗り固めてあり、茶色い水がたっぷり流れている。傾斜の少ない土地なのに流れは速く、暗渠の中へどんどん吸い込まれていく。何か仕掛けがあるのだろうか。

公園や水路の近くに、小麦によく似た草がたくさん生えている。日本のように、地面は放っておけばすぐにいろいろな雑草に覆われる、という土地ではないのだから、他の草は少なく、よく目立つ。この土地に合い乾燥に強い草なのだろう。

この草、もしかしたら小麦の原種？　パン（ナン）はこの辺りが原産地？　などと勝手に想像する。現在、バスの通り道や観光地の近くで小麦畑はあまり見えないが。

川べりに大きな木があって白い実がたくさん生っていた。池田さんが、

「食べてごらんなさい」

という。一つ摘んでみると、おいしい、というほどではないが食べられる。桑の仲間だという。

日本では桑の木はたいてい短く刈り込まれているので、桑の木はあまり大きくならないものかと思っていたが、この木は大きい。上のほうまで実がいっぱい生っているが、手が届くのは枝が垂れ下がっている部分だけだ。白い桑の実というのも始めて見た。言われてみれば味は桑の実に似ていた。

チャシュマ・アユブ廟はタイルがほとんど使われず全体に砂色で、一応、門、ドーム、ミナレット、と揃っているがメドレセは無く、ミナレットもあまり高くない。広い砂地にぽつんとあるので、遠くから見ると土で作ったモスクの模型が置いてあるように見える。

イスマイル・サマニ廟はもっと古いらしく、ドームを中心に門もミナレットも内に組み合わせた一つの建物となっている。タイルを使っていないので色は砂色一色なのに、日干し煉瓦が縦、横、斜め、と巧みに組み合わされて幾何学的な模様を描き、屋上の手すりには凝った形の隙間も開けられていて美しい。少し離れた所まで退いて、しばらく見とれていた。

この廟は長い間砂に埋まっていたのを近年掘り出されたのだそうだ。ビルの五—六階くらいの高さがあるのに。前面には幼稚園の庭ほどの広さに煉瓦が敷きつめてある。ここが信者たちの礼拝の場であったのだろう、と偲ばれた。

こんな大きな建物が砂の中に埋まっていたなんてどんな天変地異が起こったのか、宗教戦争でもあって強制的に埋められたのか、それとも長い時間に次第に寂れていつしか忘れられていたのか。興味が尽きないが、この国に関する知識が乏しいため、想像することさえできないのがもどかしい。


バラ・ハウズ寺院は深い庇の下に柱頭飾りをつけた柱が林立し、奥の方に日本の禅寺のような窓が並んでいる。サマルカンドで見たアフラシャブの廃寺に似ているが、こちらはよく保存されている。モスクとは造りが全く違うから、イスラムではない別の宗教のものだろう。名前も「モスク」や「廟」でなく「寺院」である。イスラムは異教徒に厳しいと聞いていたが、異なる宗教のものが残されていることもあるのだ。

少し離れて、古ぼけた灰色煉瓦の建物がある。新しくはないが遺跡ほど古くもない。もと牢屋ででもあるかのように窓の少ない陰気な建物なのに、入口には派手な大きな看板が掲げてある。青地に金色でアラブ文字（らしい字）とロシア文字が書かれている。

アーニャが中を覗き、池田さんが、

「入ってごらんなさい」

という。

ここはいろいろな細工物を作る人たちの仕事場であった。入口に一番近いところに彫金師がいて、私たちを見ると仕事の手を休め、直径二十センチくらいの金色のプレートを手に持って、

「どうだ？」

という。

値段を聞くと、今までにこの国で買った物との釣り合いからみてかなり高いので、正志と、

「高いものなのね」

「まさか金ではないだろうに」

などと話していると、池田さんが、

「半額でいいと言っている」

という。

買うつもりはなかったが模様が珍しいので見ていると更に低い値段を言う。

面白くなって、

「はじめの値段は掛け値だったのね。もっと値切ったらまだ下がるのかしら」

とつぶやいていると、正志は、

「彼らには大事な生活費なんだ。値切ったりせずに買うてやれ」

という。半額になったところの値で買った。彫られたアラブ模様は美しかったが、家へ帰ってしばらくすると金色は薄黒くまだらにくすんでしまってお土産にも飾り物にもならなかった。


金色のお皿を新聞紙に包んでもらって外に出ると、近くに池がある。水はいつも流しておかないとすぐに干上がったり砂に吸い込まれたり、後に塩分が残って困るのだと聞いていたから、水が溜まっているのは珍しい。

池のほとりに銅像がある。ひげもじゃのおじさんだ。子供のために面白いお話をたくさん作った人だという。足先が地面に届くほどの小さなロバにまたがり、何かお話の一部を表しているような手つきをして笑っている。ハチャ・ナスラジンという名前はのちに買った絵葉書の説明で知った。

子供のころ童話の本に、よく「はまだ・ひろすけ・さく」と書いてあったのを思い出す。この人もひろすけさんのような人だったのだろう。

街から少し離れた郊外の砂原の中に「タキ」がある。

「タキ」は丸屋根のことだそうだが、モスクのドームとは違い玉ねぎ型ではなく、丸みが浅い。タイルで覆われてもいない。それに「タキ」は一つだけの丸屋根ではなく、幾つかの丸屋根の集合体である。中央に一つ大きな丸屋根があり、まわりに小さな丸屋根が重なるようにあって、その外側には土塀がある。離れた所から見ると、角盆の中に素焼きの丼ひとつ、その周りにやはり素焼きの湯飲みがたくさんふせてある、といった感じである。土塀には一箇所にいかめしい門があって、砂原の中の自然に踏み固められた道がその門に続いている。

ブハラ郊外にはタキ・ザルガラン（宝石商）、タキ・テリパク・フルシャン（帽子屋）、タキ・サラファン（両替屋）と三つのタキがある。名前は昔の名残で、今はどのタキでもいろいろな物を売っているそうだ。

玲子たちは、一番大きなタキ・ザルガランを訪ねた。

砂の国の太陽は直接皮膚に当たるとひりひりするほど暑いが、タキの中は洞窟のようでひんやりと涼しい。大きな十文字のトンネル状に通路があり、中央はビルなら三階くらいの高さの円天井になっていて明り取りの窓が六つあった。手の届かない高い所に開けっ放しの窓が六個もあいていて、雨のときはどうなるのだろう、と雨の国の者は心配になる。

通路の両側は土壁でたくさんの区画に仕切られている。この一つ一つが外から見ると小さな丸屋根に覆われているのだろう。

一つの店では男がアカガネのような板を叩いたり曲げたりして水差しを作っていた。後方の棚に大小十個ほどの完成品が並び、手前の床には半製品や見本らしいものがある。値段は買うのが気の毒なくらい安いが、作りも値段どおりの粗雑さで実用にも土産にもなりそうにない。

もう一つの店では女の人が金属や色石を細工した装身具を売っていた。色石―ジェムストーンは砂漠でとれるそうだ。ツアー仲間の若い女性たちが品定めをしている。種類は少ししか無いがデザインが珍しいし、石の色もきれいで、かなり精巧にできているのでよく売れていた。

出口に近いところには絵描きさんがいて、ペン書きのモスクの絵や、メドレセに涼しげな樹をあしらった絵などを七―八枚並べている。ツアー仲間が見つけて寄って来るとあっという間に売切れてしまった。あとから来た人が買った絵を見て、

「いい絵ねえ、私もほしい」

と言ったが、もう無いとのことだった。

明日になったら、また描くのだろう。


道路で遊んでいた子供たちが寄ってきて口々に、

「ペン」

「ペン」

と手を出す。

この辺りではボールペンが珍しいのか、またはどこかで売れるのか、子供たちは皆ペンを欲しがる。

池田さんは、

「ポケットにいつもノートとボールペンを入れてるから、ねだられるんですよ。でも、商売道具だから上げられないし……」

と困っている。

「ペンは無い」

と手振りで示すと、

「ガム」

という。

ボールペンでもチューインガムでも、こんなに喜ばれることを知っていたら、もっと持ってくるのだった。

グループの中で、ちょび髭を生やし、いつもラフな格好をしている宮田氏は、こういう旅に慣れているのか、ポケットにキャンデーやチューインガムをたくさん入れていて、近くに来た子供たちに次々と与えている。

アーニャが、

「ちっ、ちっ」

と睨んで子供を追っ払っても、

「やらないでくれ」

と宮田氏に申し入れても、子供たちも宮田氏も全然懲りないで、アーニャの目を盗んではお互いに楽しんでいる。

でも、ここの子供たちは、

「無い」

と一度言えばもうついて来ないし、一つ貰えば満足して離れていく。サマルカンドのある場所では、

「無い」

と言ってもしつこくねだる子や、何度もらってもすぐポケットに押し込んでまた手を出す子などがいたが、その点大変おとなしく素朴である。はだしの子もいたし、全般に身なりは質素だ。

タキの外の砂原で、一台の自転車に何人もの子供が群がって遊んでいた。仲良く順番に乗っているが、持ち主らしい子が時々曲乗りのようなことをして見せて、自転車を所有していることと乗り方が上手なことと、両方を自慢しているようだった。

風が出てきた。

嵐というほどではないが砂埃がひどい。空も砂で曇ってしまった。

急いでホテルへ帰ると間もなく夕食となり、食べている間に夜になった。砂漠の夕陽はすとんと落ちるようだ。

楽しみにしていた「砂漠に落ちる夕陽」が見られなくて残念だった。

ヒワ

今日は朝が早かった。

ブハラ空港九時発というので、朝食七時、バスの出発八時、と早く来たのに、なかなか離陸しない。客席後部にある荷物室のドアがきちんと閉まらないのだ。

何人かの人が交代で押したり叩いたりしていたが、最後にすごく大きな人が来た。この機のパイロットだという。操縦席に体が入るのかと思うほどの巨漢だ。

彼はドアの前にこちら向きに立つと、お尻でどーん、どーんと三回ほど、はずみをつけて押して、ドアは閉まった。

こんな飛行機で大丈夫かしらと心配になるが、アーニャもパイロットも全然心配などしていない。

やっと離陸してウルゲンチへ向かう。

正志は窓際の席は怖いという。飛行機が落ちるとなれば、窓際も通路側も同じだと思うのだが、感覚的に嫌なのだそうだ。

玲子は喜んで、いつも窓際に座る。

窓の下は、これこそ本当の砂漠だった。

今までサマルカンドやブハラの周辺で見ていたのは、昔、砂漠だった所。人間が畑にしたり、町にしたり、モスクや工場を建てたりして、日本人から見れば広々と砂地が残っていても、それはもう砂漠とはいえない所だったのだ。

玲子は砂漠といえば、砂ばかりで、うねりはあっても全体として平な所だと思っていたが、キジル・クム(赤い砂漠)は北シルダリヤ川、南アムダリヤ川にはさまれた砂漠で、土と砂ではあるが、その規模が鳥取の砂丘とは違いすぎる。全体の広さは日本の本州くらいあるという。だから丘や山脈もあり、川や湖もある。山には岩石だってあるだろう。

ローカル線なので低空飛行だから、窓から見える範囲は砂漠全体からすればわずかだが、遠くに山脈が見えたり眼下に湖が見えたりする。

小さな湖が真っ黒に見えるのは、はじめ光線の具合かと思ったが、飛行機が動いて見る角度が変わってもやはり真っ黒だ。原油が地表に出ているのではないかと思う。三蔵法師が出合った『夜だけ渡れる湖』というのはこういうものかもしれない。砂漠の夜は寒いからタールなら夜は固まるのではないか。勝手な想像だが。

ウルゲンチはブハラから約四百キロ西にある。ほぼ大阪―東京くらいか。砂ばかりの中に四角い緑の畑が切り張りしたように何枚か見えたと思ったらウルゲンチ空港に到着した。

外国人用の出入口は別棟で、宝珠形の庇に柱頭飾りのある柱が連なり、昨日ブハラで見たバラ・ハウズ寺院に似ている。

ターミナルの内壁には色石を使った大きなモザイク絵がある。町の景色、遊ぶ子供などが描かれているが、色使いも図柄も素朴なものだ。あの素晴らしいモスクを造ったセンスは失われてしまったのだろうか。もっとも、モスクは偶像崇拝を禁じたイスラムの掟に従い人物はいっさい描かれていないから、子供の絵は比較できないが。

サマルカンドで乗っていたのと同じインツーリスト（ロシア観光局）のバスが迎えに来て、ホルムズホテルに連れて行かれた。

ホテルのロビーでは若い男性たちが何やら忙しげに動き回っている。十人くらいなのに十種類というほど人種の違う人たちだ。日本人らしい人もいる。

「ユネスコのシルクロード調査隊の人たちだって」

美季がどこからか聞いてきた。

どんなことを調べているのか。

どこから来てどこへ行くのか。

今までにどんなことが分かったのか。

ほんの一部でも聞きたかったが、忙しそうなので遠慮した。

すぐに昼食。終わるとまたホテルを変更すると言われ、ウルゲンチホテルに移動する。慌ただしいこと。

ホテル変更は調査隊の人たちの都合かもしれない。

部屋には荷物を置いただけで、またすぐバスに乗り五十キロ南西のヒワ古城イチャン・カラへ向かう。

この辺りは昔アラル海に注ぐアムダリヤのデルタ地帯だったのだが、人々が農耕や工場に水を使うようになってから海はどんどん小さくなって海岸は後退し、現在では遠く北へ五百キロも離れてしまっている。しかし、アムダリヤの支流は細くはなっても網の目のように走り、海が残していった湖もあちこちにある。

ウルゲンチは新しく発展した町のようで、空港があり、外国人用のホテルも二つある。町の中央部には役所や公共施設が多く、郊外には集合住宅が建ち並んでいる。街の中の道路は一本の川沿いの道がくねっている以外はすべて定規で引いたような直線である。

集合住宅の地域を過ぎると綿、桑、果実の畑がひろがる。個人の家がまばらに建っているが、適当な間隔でバス停がある。

バス停は一つ一つ個性的だ。利用する人々がそれぞれ自分たちで造ったのだろうか。板張りでペンキを塗ったもの、日干し煉瓦を積み上げて宝珠形の入口のあるもの、四角いコンクリートで囲った公衆トイレのようなものなどさまざまだ。

ヒワは二重の城壁に囲まれている――いや「囲まれていた」そうだが、外城はほとんど崩れ、土壁の一部や門の跡らしいものが少し残っているだけだ。

それに比べ内城の壁は頑丈だ。高さ八メートル。下半分は日干し煉瓦を急傾斜に積み上げ、上半分は垂直に泥で固めてある。上辺は恐竜の背のような突起が並んでいた。要所には丸いトーチカのような見張塔が張り出している。

日干し煉瓦の部分は煉瓦が崩れて足がかりがあるので、はだしの子供たちが駆け上がったりよじ登ったりして遊んでいた。

上部の泥壁は雨水の流れにうがたれた跡がつき、いかにも長年風雨に晒されたという姿をしているが、千年も保っているのだから、初めによほどしっかり固められていたのだろう。千年というのは城内に現存する建物のうち一番古いといわれる寺院の推定建設年からのことで、城壁がその時からあったかどうかは定かでない。

城壁には東西南北にそれぞれ門があり、私たちのバスが着いたのは西門前であった。ここが観光客のためのバスターミナルになっている。といっても広い土地はどこにでもいくらでもあるので、ここから出入りするとすぐ内側にあるクニャ・アルク（古い要塞）が目印になって迷いにくいからバスを停めるだけだ。柵や建物などの施設があるわけではない。

内城は周囲二・二キロメートル、やや南北に長い矩形で中に汗《はん》の館、寺院、廟、メドレセ（宗教学校）、バザールなど、それに新しい施設としてチャイハナ（食堂）、ベリョースカ（国営売店）がある。

四方の門にはそれぞれ名前がついていて、

東　ワロタ・パルワン・ダルワザ

西　ワロタ・アタ・ダルワザ

南　ワロタ・タシュ・ダルワザ

北　ワロタ・バフチャ・ダルワザ

という。

西門から入ると、まず左手に、クニャ・アルク（古要塞）があるが、それより先に目を引くのは真正面の大きなミナレット・カリタ・ミナルである。

これは最も新しい汗《はん》（ということは最後の王か）ムハマド・アミン・ハーンが四百キロ東のブハラの町をここから見ようと造らせたものだが、

「あまりに美しいものを造ると、その技術を盗まれないため完成と同時に殺される」と聞いた工人が、未完成のまま逃げてしまったのだという。彼はそれだけこの塔の美しさに自信をもっていたわけだ。

築造は一八五五年と比較的新しく、その模様は青と緑を基調に、茶色と白で、三角、四角、ひし形を組み合わせただけなのに、見事に華やかで美しい。ほぼ二メートル毎にパターンが変わり、下から九段目が造りかけである。

土地の人はこのミナレットの大きさと美しさを大変誇りにしているという。


「こちらがクニャ・アルクです。ここから見学します」

九段ある塔の模様を一つずつ目で追っていたら、池田さんに急かされた。

大きな重い扉を押し開けて中に入る。

扉は一面にたすき形、波型、それに花のような模様が深く彫り込まれている。

高さが三メートル近くもある分厚い木の扉がどうやら一枚板のようなので、池田さんに尋ねてみる。

「これ何の木ですか」

「桑の木です」

「こんな大きな木をどこから持ってきたのですか」

「この城が造られたころは、この辺りにもこんな木が茂っていたんですよ」

大河の河口の鬱蒼とした森林だったのであろう。人々が木を伐り、焼き払い、城や街を作ったのだ。城ができたとき人々は、立派なお城ができた、と喜び、誇りに思ったに違いないが、人間が集まって暮らした結果、森林は砂漠化し、城も街も打ち捨てられていた。

今、城は遺跡として保存され、雇われた人々が働いていて、観光客が見学に来る。

クニャ・アルクは侵入した敵を惑わすためか実に複雑な造りになっている。

「ここはヒワ汗《はん》の公室」

「ここは妃のくつろぎの間」

「ここは武器庫」

などと説明されるが、各部屋は向きも高さもまるででたらめのように造られている。ある所では階段の手すりの隙間から斜め下に部屋が見えているが、部屋を巡るような螺旋階段を壁に沿って向こう側へ行っても部屋への入口はどこにも無かった。どうしたらその部屋へ入れるのかわからない。

廊下の突き当たりに出口があるのに、外は高い壁の上で飛び降りでもしなくてはどこへ行きようもなかったり、スリル満点。

うろうろしていて取り残されたら外へ出られなくなりそうだから、とにかく列にはぐれぬようについて歩く。

武器庫には昔の兵士の武具、武装、王（汗？）の部屋には絹で織った紙幣——ではない布幣など、珍しい展示物もあったが、アーニャの説明は早口で池田さんの通訳が間に合わない。

屋上へ出た。

下から見たとき、屋上は平らで同じ高さに見えていたが、一番高い所は狭い。右も左もかなり低くなっていて、別の階段からしか行けない。下から見たとき恐竜の背のとげのように見えていた壁の突起の陰には、姿を隠して下を見張る場所や、下からは見られずに移動できる通り道などがあった。

ここからはイチャン・カラと呼ばれるヒワの内城が一望できる。王の住居、寺院、廟、メドレセ（宗教学校）などが思い思いに建っている。建物は二―三階建てであまり高くない。道や広場には樹木もあるが大木はない。ソ連時代に植えられたものだろう。遺跡は全体的に砂色なので、幾つかあるミナレットやドームの青タイルがよく映える。


さっきの木の扉とは違うところから外へ出ると、低い土塀に囲まれた場所へ出た。ここはもうクニャ・アルクの外なのか、中庭なのか、他の寺院の寺域に入ったのか分からないが、そこにラクダが二頭いた。

観光用に飼われていると思うのだが、ご機嫌が悪く、飼い主がしきりになだめているが客を寄せ付けない。無理に客の方へ引っ張ろうとしたら、後足を横に上げて蹴った。かなり強く蹴られたらしく、飼い主は腹を押さえている。そんな蹴り方をする動物を初めて見たのでびっくりした。

「あっちにもいるよ」

と声がしたので見ると、少し離れた所にもう一頭いて、金髪の女性が乗っている。これは杭につながれていて、綱の長さだけしか動かない。杭のそばに乗り降り用の台がおいてあった。

もう一頭、街を歩いていたのが帰ってきて、白人男性のグループが交代で乗っている。こちらはラクダを座らせ、乗ってから立ち上がらせて、そこらを一回りする。

今降りた男が大げさに身振りをしながら、

「揺れて大変だった」

と言っていた。

ラクダはどれも一瘤で、背中には瘤のところだけ穴をあけた絨毯がかけられ、人々は瘤に摑まるようにして乗っているが、瘤は摑まりにくく、ラクダの歩き方はよく揺れるので乗りにくそうだった。


珍しいもの、見たいものがいっぱいあって写真も撮りたいのに、アーニャはさっさと行ってしまう。カメラのキャップをかぶせながら走ってグループに追いつく。

この城の中で一番古い（十世紀）といわれるジュマ寺院だ。この建物は木造で、たくさんの木の柱に支えられている。床は「できるだけ同じ形のものを揃えました」という感じの石畳だ。柱はすべて石の台に乗せられ、門や中庭などから近い所は細くて直径三十センチくらい、建物の中央近くのものは六十センチかもっと太いものもある。そのすべてに細かい彫刻が施されている。ここも回教寺院だというが模様は曲線の多い仏画風である。でも磨滅していて何を描いてあるのかはよくわからない。

建物の奥の薄暗いところまで、縦横二メートルくらいの間隔で林のように立っている。チンギス汗が十三世紀にここを攻め落としたとき、他の建物はすべて焼き払ったが、この寺は、この林立する柱が馬をつなぐのにちょうどよいからと、ここだけ焼かなかったのだそうだ。現在、柱は二百十三本残っている。

東の門は一八七三年までポショー・ダルワザ（奴隷の門）とも呼ばれていた。商人や奴隷が出入りしていた門だ。城内のその辺りには今もバザールや工人たちの仕事場がある。白い長着に幅広の帯、頭にターバンを巻いた等身大の人形が何体も鍛冶、彫金などの仕事をしている。時々間に生身の人間がいて同じように仕事をしていてびっくりさせられる。
絨毯の織り場があった。高い天井から吊った大きな織機の前に女の人たちが座り込んで一目一目手で織り込んでいく。
横に掛けられた出来上がりの絨毯はしっかりしたウールの手触りで柄もこの国らしく珍しい。値段を聞くと六帖用ほどのものが四千円くらいだという。欲しかったが、ここで買っても自分では持って帰れないし送る手だてもない。せめてものことに玄関マットを一枚買ってきたが、分厚くて曲がりにくいので持って帰るのに少々難儀した。

バザールの横に土壁で仕切られた一坪ほどの区画が道に沿ってずらっと並んでいる。キャラバンサライ（隊商宿）の跡だとのことだが、どのように使われていたのか、こんな狭い所に商人が一人ずつ自分の商品と一緒に入っていたのか、扉などあったのか、ラクダはどうしていたのか、などまったく想像もできなかった。

内城には、このほかメドレセや廟などが幾つもあるが、十四世紀のセイド・アラウデインを除いては皆十八—十九世紀の建物である。ほとんどが日干し煉瓦造りであるのは、チンギス汗に焼かれた経験からか、この時代すでに砂漠化が進んで木材が高価だったかららか。

それらはどれも彫刻やタイルで飾られているが、その規模、美しさなどにおいて、サマルカンドのモスク群には及ばない。青タイルが美しいといわれている最後のヒワ汗の住居タシュ・ハウリもなにやらちまちまとして王の住居らしい重厚さが感じられない。でも、もしこの国で初めて見たのがこの城であったなら、その珍しさ美しさにきっと驚いたであろうのに、サマルカンドを先に見たのは、この充分魅力的なお城のために残念であった。

ヒワの城内では、この国のほかの観光施設と同じように花嫁さんにも出会った。ここの花嫁さんは、短い上着に、腰回りがゆったりして足首のしまったアラブ風のスラックス、その上から透き通る長いヴェールを被っていた。すべて真っ白。新郎は背広であった。

民族衣装といえば、裾長の服に半長靴、チュビチェイカや毛皮の帽子をかぶり長いひげを生やした男性が何人か何をするでもなく城の中を歩いていた。ツアー仲間の何人かが一緒に写真を撮ったりしたのだが、彼らは観光客でも案内人でもない。後で考えると観光客と一緒に写真を撮ってチップをもらっていたのではないかと思う。チップの無い国の人間は気が付かなくて悪かった、と思う。彼らは催促などはしなかった。

タシケント

はるばる東の国から、はじめてこの国ウズベキスタンの空港に近づき、機がぐっと高度を下げ始めたとき、窓の下に、近代的なビルの建ち並ぶ大きな街を見て、意外さと軽い失望を感じたのは全くこちらの不勉強のせいであるが、旧ソ連圏内のことについては、何によらず最近まで（一九九一年現在）情報が非常に少なかったから、そのせいにしておこう。

見えてきたのはシルクロードの十字路といわれるタシケントの市街である。この街はウズベキスタンの首都で人口二百二十万人。大阪市より少ないが、道幅はどこも広く、公園や広場が多く、建物はどれも敷地をゆったりととっているから、面積は大阪市の市街部より広いと思う。大阪城を含めればさてどうだろうか。

市民一人当たりの居住空間三十八平方メートル、とガイドが自慢げに言っていた。居住空間というのは住宅の広さのことだろうか。単純に計算して一人十二坪弱(二十三畳)くらいである。

市民住宅の家賃も世界一安いとのこと。一平方メートル当たり一三カペイカ(一カペイカは一ルーブルの百分の一)、平均的な一世帯分で三千円ほどだ。そのかわり、だれでも入れる、というわけではないらしい。抽選か、共産党に尽くした人へのご褒美か。あるいは裏工作やコネが必要なのか。もっと突っ込んで尋ねてみればよかった。この国の人たちは自分の国の良くない点を他国人に話しても恥ずかしいなどとは思わないようだから、ミーシャでも、インツーリスト(ロシア観光局)のアーニャでも尋ねれば教えてくれたに違いないのだが。

中央アジアといえば砂漠が目に浮かび、街全体も砂色のように思うのは、誤解に基づいた固定観念であるが、日本で地図を広げれば中央アジアは中国の西の端かヨーロッパの東の端にあって、図法によっては歪にひしゃげていて、土地のほとんどは点々をたくさん打って砂地を表しているのだから、誤ったイメージを許してもらおう。

確かに市の西にはキジル・クム（赤い砂漠）が広がっているが、東は天山山脈に続く山地からシル川の支流チルチクが高山の雪解け水を絶えることなく供給しているから、人間の方にやる気さえあれば街に緑を保つことはできるのだろう。

しかし、一年のうち、三百日は雲も見えない、という土地で、天からのもらい水は期待できないし、水は常に勢いよく流しておかないと、すぐに蒸発して塩分が残る、風に吹き寄せられる砂で水路は埋まりやすい、という所だから、やはり日本のように半ば自然に任せておいてよい所とは違うのである。街がこれほどの緑に覆われていたのは大きな驚きであったが、これは人々の大変な努力の賜物と思われた。

タラップを降りると、外国人専用のバスに乗せられ、旧ソ連邦人とは別棟の待合室で手続きが済むまで待たされる。いかにもお客様向きという、がっしりとした石造り。ロシア人の好きな黄色（黄金のイメージか）を基調に白と青灰色で彫刻を施したロシア風の建物である。

外観に似合わず一階の内部は簡素で、簡単なベンチが並べられ、右奥にベリョースカ（外貨専門店）、左奥にルーブル専門店がある。日本でＪＲの地方の駅で待合室に売店があるのと同じたたずまいだ。

暇なので二階に上がってみた。こちらは要人のレセプションでもできそうな、広くて豪華な食堂であった。

　肥ったおばさんが番をしているルーブルの店の方が土地の民芸品などあって魅力的だが、到着したばかりの外国人はルーブルを持っていないから、否応なしに割高のベリョースカを利用させられる。ベリョースカの方が売っている品物も売り子の女性たちも垢抜けているからこちらで買いたくないわけではないが、交換レートがいかにも理不尽だ。一ルーブルが銀行やホテルで換えれば五円なのに、ベリョースカのレートは八十円である（一九九一年五月）。それでも価格自体が日本の物価に比べれば無茶苦茶というほど安い。

　そんなこんなで、往路ハバロフスクからサマルカンドへの乗り継ぎと入国手続きでここに立ち寄った時には結局何も買わなかった。

　あまり、時間も無かったし——。

　しかし、一週間ほどウズベキスタン国内を旅行した後の帰路では、ここの売子嬢はよその町のベリョースカと比べて段違いに能率的であることが分かったので、皆、争って買い物をした。私もここで美しい絹織物を買ったが、帰宅して確かめたら中国からの輸入品というラベルがついていた。

帰り道の今日は、空港から出てバスでウズベキスタンホテルに向かう。目抜き通りの建物は、どれもたっぷりとした敷地に芝生や木立に囲まれて建っている。建物自体も建築美術の展示品かと思われるような凝ったものが多く、バスで走っていても目を楽しませてくれる。

外面は日よけと装飾を兼ねた、幾何学的でレースのような模様の壁であり、その内側にベランダがある。壁の模様は窓の位置と必ずしも一致しないから、外から見ては室数が分からない。これは防犯上も良いのかもしれない。色もベージュ、ブルーグレー、白、その組み合わせなどで本当にしゃれている。中にはアブストラクトな不規則模様でちょっと不気味なようなのもある。

一九六六年の大地震で全市が壊滅的な打撃を受け、古いビルはほとんど倒れてしまったので、大きな建物はその後に建てられたものばかりである。だから建物は美しいだけでなく、マグニチュード九の震度にも耐えられるよう設計されているそうだ。

復興にはロシア、ウクライナを中心に旧ソ連全域からあらゆる建築関係者——地震学者や美術家から土木労働者まで――が集められ、金銭的物質的にも全国的な支援があって、わずか三年でここまで復興したという。

玲子はそんなことは全く知らなかった。日本でも報道されたのだろうか。一九六六年といえばどんな年であっただろう。長女四歳、長男二歳。もしかしたらニュースで流されたのに玲子だけが子育てに忙しくて知らなかったのかもしれない。

ウズベキスタンホテルは前面が複雑で装飾的な蜂の巣のような模様の壁で、遠くから見ても、

「うわあっ、大きい！」

と思わせる大きさだ。

この町で最も新しい外国人専用ホテルで、設備、清潔さとも申し分ない。ただし、昼食時に開いているのはフロント、グリル、ダイニングルームだけである。両替、売店、美術室、図書室、プールなどは、十二時前から一時過ぎまでだれもいない。ドアやショーケースには鍵がかかっている。

日本人旅行客はここで食後に見たいものや買いたいものがあるのに、食後はすぐ次の観光に出発するので不便で残念だ。

もっとも、朝ウルゲンチを発ってきて、そのまま午前中二時間で市内観光、昼食もそこそこに博物館とバザールを見て、夕方には再び機上。ホテルには部屋はとっても荷物を置いて食堂で食事をするだけ、というのだから、スケジュールの方がひどい、ともいえる。

玲子はこの時ショーケースの中に見た、民族衣装を着てこの国の馬に乗った人形がどうしても欲しくて、なんとかして手に入れたいものと目をつけておいた。

午前の市内観光。

今度のガイドはミーシャ（ミハイルの愛称）という朝鮮民族の人である。親が樺太時代のサハリンへ強制連行され、彼はそこで生まれ育った。戦争中、強制的に使わされた日本語が役に立ち、スターリンによって再び強制的にこの地へ移住させられてガイドをしているという。旧ソ連邦内では今、日本ブームで、旅行ガイドや日本語学校の教師が不足気味だが、そういう仕事についている人には彼のような境遇の朝鮮民族の人が多い、と言っていた。

強制的に連行し労働をさせた側の国の者として、何とも申し訳ない気がするのに、彼

は日本人に対して非常にへりくだり、人間として劣った者ででもあるかのように振る舞う。もっと時間があって親しくなれたら、

「堂々と胸を張って生きて下さい。私たちの方がお詫びしなくてはならないのに」

と言いたかったが、半日だけの忙しいお付き合いでは「ガイドと客」以上の関係にはなれなかった。

有名な国立ナヴォイ劇場は、内部の柱の彫刻やシャンデリアが素晴らしく、質の良い物が上演されると宣伝を聞かされたが、ロシア風ともギリシャ風ともみえる茶色と白の建物を外からぐるりと眺めただけ。次にレーニン広場へ連れて行かれた。

旧ソ連邦内のちょっとした町ならどこでも、この名の広場がある。その町の中心部にあって噴水や花壇がその町の忠誠度や資力を誇るように整えられ、レーニンの像があり、近くに連邦政府の出先機関や地方官庁の建物がある。あまりのワンパターンに土地の人には悪いが笑いたくなるくらいだ。タシケントも全くその通りである。ただここの噴水は高く吹き上がるものではなく、日本で花火大会の最後のショーとしてよく見られる「ナイヤガラ」スタイルなのがよそとは違っていた。

バス通りから見て左にあるギリシャ風円柱がはるか広場の奥まで連なっている三階建

てが国会図書館、右手の外壁が輪つなぎ模様で飾られた近代的高層建築は、連邦タシケント支庁の職員住宅だそうだ。淡水色のウズベク風輪つなぎ模様は美しいが、こんなにも広い土地があるのに、なぜあんな高いものを造るのだろうと思った。後で聞くと住宅は高層のほうが水光熱や暖房の設備が設置しやすいから、とのことだった。

図書館には四日前のメーデーの名残か、三階まで覆うほどの大きな赤旗やスローガン旗が掲げられていたが、トイレを借りたいと申し入れた人は断られた、と言っていた。

真っ平らでだだっ広い土地は、距離の見当がつけにくい。若い人たちが「ナイヤガラ噴水」を近くで撮ろうと走って行ったが、向こうでちょっと手間取ったら三十分ではバスに戻れなかった。彼らは息を切らして駆け戻り、ガイドはイライラしていた。

バスはチョールス広場へ向かった。ここは世界的にシルクロードの十字路といわれている所である。

しかし、ソ連時代の行政当局の人たちは、共産主義の高揚やソ連邦の宣伝に忙しかったらしく、レーニン広場の近くには「革命公園」「ガガーリン公園」などが美しく整備され、「レーニン像」「カールマルクス像」「革命勝利兵士の像」「無名戦士の墓」があり、周辺にも大劇場、博物館、外国人専用ホテルなどが犇めいているのに、このシルクロードの十字路はほとんど顧みられていない。

レーニン広場ほど広くもないし、大きな彫刻や噴水があるわけでもない。ガイドに説明されなければ、それと分かるような標識さえ無い。全体は芝生、というより、手入れがよくないのでほとんど草っ原、人の歩きそうなところだけ石畳の道になっていて、松やポプラがまばらに植わっている。北側に古くからあるクケリダシュ・メドレセ、西には全く不似合で関係もないモスクワ・ホテルの近代的な建物がいやに目立つだけである。

それでも、ここから出ている道が、北はシベリア、西はサマルカンドを経てヨーロッパ、東はすぐに分かれて中国とインドへ向かっていると聞けば、何か巨大なもの――大きな時、大きな文化、大きな物の流れ、大きな人の流れの中に、小さな自分が、今という極小の瞬間に立っている、との思いが深かった。

ただ、私の認識不足で、唐の都からローマまで、シルクロードといえば天山北路と天山南路の二本だけしかなかったと思うのは、間違いで、この国の大きな地図を見ると、砂漠の中にも昔からの集落らしいものがあちこちにあり、それらを結ぶ道もたくさんある。ここはたまたまタシケントという大都市であり首都でもある所だから有名なのであって、東西南北の分かれ道になる十字路はほかにもある。ただ、ここが現代の地図で見ても、長安―ローマの最短ルートの上にあることには、古人の知恵に驚かされる。

若い人たちはクケリダシュ・メドレセの中を見学にいったり、モスクワホテルの全体を写そうと反対側へ離れていったりしたが、正志と玲子はその辺りをゆっくりと歩き、三本の道のそれぞれを写した。写真にしてしまえば、日本のどこかにさえありそうな道で、何の変哲もないが私たちには老後の深い思い出となる。もう一組、同じように辺りを散策している年配のカップルと石畳の道で出会い、同じ思いのほほえみを交わした。

一九六六年大地震の震源地広場。ここは「広場」というほど広くはない。瓦礫の中から立ち上がる男女を表した「勇気の像」を中心に石が敷き詰められているが、一部分は裂けて波打つ地面の形を表現しており、その時刻、十七時二十五分を指した時計の彫刻とともに、地震の瞬間を生々しく伝える。

今日は日が良いのか三組もの新婚さんが親戚や友人らしい人々に囲まれて写真を撮っている。見本のパネルを立てて客を待っていた写真屋が、太陽の向きやバックの構図をアドヴァイスして手際よく写す。

人々はそのあと記念像に花をささげ、こういう場合の専用レンタカーらしい黒のボディに銀のラインの入った大型車に乗り込んで、次の場所へと移っていく。友人らしい若い人たちの車が何台か後を追って行った。

バザールは、高い土塀と太いコンクリートの門柱に支えられた鉄の門に守られていて、入るには身分を証明する物が要る。物品が集まるところは常に盗賊の脅威にさらされていた昔の名残だろうか。それとも今でもそんな危険があるのだろうか。門扉は四角と八角形を組み合わせたしゃれたデザインで明るい青色に塗られ、強さと美しさの微妙なつり合いを見せていた。日本人の団体はどうぞどうぞと歓迎される。

入るとすぐにまっすぐな広い通路があり、両側に花屋のテントが続く。赤いグラジオラスや大輪のカーネーションを盛り入れた大きな花筒がずらりと並んでいて道の両側が真っ赤に見える。自家の畑で作ったものを持ってきているのだろう。店番には年寄も子供もいた。

呼ばれたような気がして振り向くと、若い男が花筒の向こうからバラを一輪差し出していた。あたりを見回したが、どうやら玲子に、ということらしい。

「私に？」

顔を指さして確かめると、そうだ、とうなずく。

この町では花は貴重品で値段も高い。大切な人に捧げるとき、大事な招待にあずかった時、別離を惜しむとき、そして慶弔の場を神聖にするとき、人々は一輪だけ花を買うのだと聞いていたので、このあふれるような花の列にも驚いたが、玲子にというのでさらに驚く。信じられない気持ちだが、理由は何であれ、男性から花をもらうのはうれしい。お礼にチューインガムを一包み渡すと、隣からも横からも、押し付けるように花が差し出された。なんだ、そうだったのか。

この町には八十とも百ともいわれる人種が住んでいて、どんな人がいても珍しくないはずなのに、なぜか日本人は目立つのである。日本人に花を渡すと、彼らの尺度でそれ以上の物が返ってくる、と思っているようだ。たとえば、チューインガム、ボールペン、外国たばこ、絵葉書など。一番喜ぶのは一緒に写真を撮って所書きを渡すこと。同胞の先輩旅行者は律儀にできた写真を送ったらしく、住所を知らせておけば送ってくれるもの、と信じているようだった。

花屋の奥には大きな屋根に覆われた売り場があり、右手は穀物と木の実、左手は野菜

そして、ここでは今なお、

「日本人は器用、日本人は誠実、日本人の造ったものはきっちりと造られていて丈夫で長持ちする」

と、大変好評である。

こんな説明を聞いた後、十三時三十分の昼食まで自由時間となり、ホテル周辺を思い思いに散策することになった。

日本人が百年経っても好評というのは嬉しくもあり有難いことでもあるが、シベリア抑留で強制労働のすえ、もし帰っても国内では捕虜となったということが大変な不名誉であった人たちのことを思うと、どんなに辛かったであろうと、想像するさえ気の毒である。あえて帰らなかった人もいたと聞く。


ホテルロビーに聖職者らしい人々が群れていた。大勢いるが、着ている僧服が三—四人毎に違っている。皆、黒い裾長の服であるが、白い詰襟や広い折り襞のある襟、長い三角の袂のある袖、帽子の形もさまざまで珍しい。

教会のように信者たちの前でないせいか、大きな声で話し合ったり笑ったりしている。

写真を撮りたかったが、なんとなくためらわれて撮れなかった。

外へ出ると、重苦しい空から冷たい雨がぽつぽつと落ち、五月というのにコート無しでは寒い。この町はこんな天気の日が多いそうだ。

正志は、中学（旧制）の世界地理で「オビ川」と「エニセイ川」を習い、地図で見たその桁外れの大きさが印象深かったので名前を覚えているという。

では、と、まず、そのオビ川を見に行く。

日本での地形に例えれば、ちょっとした海の港だ。岸壁にも、接岸している船の上にもクレーンが立ち並び、水はたっぷりあるがどちらへ向かって流れているのかは、見た目では分からない。雲の間から陽が差すと、対岸の街並みが白く光って見えた。

「どんな風景だろう、と思ったけど、今見るまで想像もつかなかった」

と感慨深げだった。

ちょうど、鉄橋をシベリア鉄道の長い列車が渡って行った。濃緑色にオレンジ色のラインで、客車なのに頑丈そうな車体であった。

町の中心へと歩いていく途中、白樺の木立の中に立つ古い木造の家が何軒かあった。二十世紀のはじめに大火があり、木造家屋は大方焼けてしまった。現在残っている物は私有財産だが政府が保護しているという。ほとんどが切妻の二階建てで、二階部分が斜めになった大きな屋根には煙突が立ち、明り取りの窓がある。二階の内部は屋根裏部屋になっているのだろう。壁は板壁で青、茶色、緑色などに塗られ、白い窓枠が目立っていた。

現在、ロシアの都市はどこもコンクリートの集合住宅がほとんどで、市営の集中暖房となっている。一戸建ての木造家屋は見た目には風情があってゆかしいが、冬住む人にはペーチカがあっても寒いだろうと思われた。

バザールに入ってみる。体育館のような建物で、ここは出入り自由である。

ロシアのリンゴはたいてい小さくて色も青めだが、ここでは日本の物に負けないくらい大きくて赤いリンゴが山積みされている。

一個二ルーブル

公式レートなら十円

ベリョースカ　レート　百六十円
闇レート　五百円
現ロシア人の平均給与からみると千円くらいの感覚だという。
ほかにも新鮮なキュウリ、ブドウなどが豊富に並び、通路は人でいっぱいだ。この町は裕福な人が多いのだろう。
立派な髭をはやした売子はアゼルバイジャン人だという。「アゼルバイジャン」という地名は知っていたが、本人の口からその発音を聞くといかにも「遠い、知らない土地」という気がした。正志が、玲子と一緒に撮った写真を彼が書いてくれた住所に送ったが届いただろうか。
赤ん坊の頭ほどあるスビョークラ（ボルシチの材料・赤大根）は外側が土色でぱっとしないからか、真っ赤な中味を見せるように切り割って置いてあった。
かわいい布袋を台の上に並べて売っている人がいた。袋の中は野菜や花の種だ。袋はすべて手縫いで、色や大きさが中の種に合わせてあり、中が見えるように口をひろげて置いてあるが、売れれば口を絞ってそのまま渡すらしい。オビ川の「オビ」はタタール語で「おばあさん」のことだそうだが、この袋はオビが作ったのかな、と思った。「タタール」はオビ川の源流中国の古い呼び名である。店番をしていたのはロシア白人の大きな男で、似つかわしくないのが微笑ましかった。

姉妹らしい女性たちの前にはホーローの器が幾つか並んでいて、それぞれ、バター、チーズ、ヨーグルト、はちみつが入っている。好みに合わせて混ぜ合わせてくれるという。四種すべてを混ぜ合わせたペーストがあって、

「これがおいしい」

と言う。

「買わないから」

と、遠慮したが、

「それでもいい」

と、試食させてくれた。

「私たちの国の美味しいものを味わって!」

という気持ちが伝わったが、玲子はそれぞれ別々のほうがおいしいと思った。

この女性たちも、容姿から見て中央アジアの人と思われた。

バザールの前の広い道の向こう側に「動物園」の看板が見えた。

玲子は、

「この地方の動物がいるかもしれないわね。ちょっと入ってみない？」

と正志を誘ったが、ちょうどツアー仲間の一人がそこから出てきて、

「こんな寒い所にライオンがいてかわいそう。その他は大したものはいない」

と言ったのでそこはやめ、バズジェニア教会を訪ねることにした。市唯一のロシア正教会である。二十世紀初めに建てられ、宗教を嫌う共産政権下にもその姿を保ったという教会だ。権力に屈せずに残った物には、力いっぱい抵抗した人や、機知に富んで見事に守った人などの話がよくある。ここにもそんな話があるのではないかと思ったが、それは聞けなかった。

ちょうどこの日、この教会で国際的な宗教集会があり、各地方から宗教家が集まっているのだという。ホテルのロビーにいた人たちもそのメンバーだったのだ。僧服の違いはロシア正教だけでなく、いろいろな宗派の人がいるからだとのこと。

玲子は「国際的」といえば、米、西欧、を中心に、アジア、アフリカ、南米などを加え、それで「全世界」を意味するように、そしてそこにはロシア、中国なども入ってい

るように漠然と思っていたが、ここで「国際的」というのは旧ソ連、東欧、中国、北朝鮮、北ベトナムなどを指すのだと聞き、今まで思っていた「国際的」は第二次大戦のときから続く「西側」のことであった、と気付いた。

教会の建物はさほど大きくはない。道路からフェンス越しにみえる壁には聖人の像が幾つか掲げられ、正面入口の屋根は緑色で、金色の玉ねぎ型のドームがのっている。その奥の集会場は大きな青いドーム。もっと奥の、多分神聖な場所は高い緑色の尖塔の上にもう一つ金色の玉ねぎ。ドームの上にはそれぞれ十字架が立っている。ロシア正教の十字架は十字の先がまた十字になり、中央の柱にもう一つ斜めの印がある。みな、何かの意味を表しているのだろう。

中は信者さんたちでいっぱいなので入るのをためらっていると、現地ガイドのオーリャも来ていて、

「中へどうぞ。写真もいいですよ」

と言う。

中央にキリスト、脇に聖人たちの像が飾られた祭壇の前には、籠に入ったパンや果物、ホーローの器に入った食べ物などがたくさん供えられ、信者たちの奉納したらしい大小

のローソクが薄暗い堂の中できらきらと揺らめいている。

私たちはキリスト様にお祈りはしない。

女性たちのさまざまなプラトーク（髪を覆うスカーフ）が美しい後ろ姿を見て出てきた。

敬虔に祈る人たちのお邪魔をしないように、と思ったが、最後に一枚だけ、と写真を撮ったら、ちょうどそばにいた医師の卵に、

「この人たちを撮るのはよくないですよ」

と小声でたしなめられた。

「オーリャがいいと言ったから」

と言い訳したが、これから医師になる若い人がそういう心を持っているということは、叱られながら嬉しかった。


昼食のメインディッシュは「金の魚」とも「皇帝の魚」ともいわれるチョウザメ（キャビアの親）、この辺りの名産だ。オビ川で獲れるのだろう、大げさな名前ほどおいしいとは思わなかった。

食堂には舞台がついていて、三人の男性が食事の間、ピアノ、バラライカ（三角胴三弦のロシアギター）、バヤン（鍵盤が無くすべてボタンのロシアアコーディオン）で、ロシアの曲を演奏してくれた。ダークダックスがひろめた日本版ロシア民謡ではなく、初めて聞くのにどこか懐かしい気のする曲だった。

演奏が終わると客席を回りながら、

「ニホンニヨンデクダサイ」

と大きな名刺を配っていた。

十五時に科学の街へ向けて出発する。

「そのまま空港へ行くので、荷物を全部持って下さい」

と言われる。

森の中の一本道をしばらく走ると広場とも大通りとも見える所へ出た。まわりにビルが連なり、団地のようだがどれも四—五階建てで、飾りも無く四角いだけでそっけない。壁の色もほぼグレー系だ。道幅は広く、バスはその間をゆっくり走る。

「こちらは化学研究所」

「その向こうが生物研究所」

「後ろに見えるのがウラン研」

「向かい側は地質学研究所」

「奥の大きいのが数学研究所」

「その後ろは情報研究所」

などと説明されるが、針葉樹の並木が茂っていて、ビル全体の姿もよく見えないし、そうでなくても中でどんなことをやっているのかは全く分からない。中を見学させてくれても、どうせ分からないだろう。

この地域に二十の研究所があり、一万五千人の研究者がそれぞれに研究している。学生はいない。この地区の人口は家族を含め二万五千人。研究所どうしの情報交換が密にできるので、研究成果があがる。化学研究所では世界一純粋な物質を作っている。良い学者が育つのに、立派になると皆モスクワへ行ってしまう。

自慢ともボヤキともとれることを聞かされた。

地質学博物館に案内される。

大きな壁一面がロシア全土の地図になっていて、豆電球がいっぱい取り付けられ、手前の台にある「石炭」「石油」「ダイヤモンド」「サファイア」などというボタンを押すと、その鉱山の所在地にそれらしい色の豆電球が点灯する。

ガイドが自慢らしく説明するし、広いロシア全体にびっしりついている豆電球に、

「すごいなあ」

と感心する。

しかし、考えてみれば、この小さな日本でさえ、石炭、石油、金、銀、ウラン、ヒスイ、メノウなど出るのだから、世界中どこの土地でも掘れば何かが出てくるのかもしれない。何も無ければ遺跡や温泉とか。

なんとなく自慢たらしい気がする科学都市見学を駆け足で済ませ、予定通り空港へ直行する。

空港はもう夕暮れで、待合室の隅の売店は閉まりかけていた。

玲子はいつもまわりのものを見ながら歩くので、皆から遅れがちである。先を行く正志の姿を見失わないように急いでいると、ポケットにいつもキャンデーを入れている宮田氏が扉を閉めかけている店員に何か叫んでいる。

「ノボ、ノボ、ノボリベツだ、ノボリベツ」

みるとガラスケースの中に絵葉書が並んでいる。玲子は、

「ノヴォシビルスクの絵葉書ですか」

と宮田氏に確かめ、店員に、

「ポストカード、ノヴォシビルスク」

と言った。通じたようで店員はそれを取り出しにかかった。

「私もほしい」

と思ったが、あきらめて走った。

宮田氏はかなり遅れてグループに合流した。

彼が集合に遅れるのはいつものことなので、アーニャもグループの皆も、

「またか」

と言う顔をして白けている。

玲子は一人、

「もう二度と来られないだろうに、遅刻してもあの絵葉書、私も買えばよかった」

と後悔していた。

今夜は機中泊となり、明日早朝にハバロフスク到着の予定である。

で、あったのに、真夜中、また突然に起こされた。

アーニャが慌てた様子で何か言い、池田さんが通訳する。

「起きてください。荷物はそのままでいいです。貴重品だけ持って出てください。寒いですからコートを着て」

「なんですか？」

「事故？」

皆不安がっていろいろ尋ねる。

「いえ、何も危険なことはありません。またすぐ戻れますから、落ち着いて、とりあえず降りてください」

池田さんにも、詳しいことは分からないようだ。

タラップを降り、バスで運ばれて、待合室らしい所で三十分くらい待たされた後、またバスで運ばれ、もとの機の元の席について機は離陸した。

後で、誰からともなく、

「党の偉い人が私用でこの機を利用したのではないか。そんなことが時々あるらしい」

と噂が流れた。でもそれで客を全員降ろす必要があっただろうか。真相は謎のままである。「ブラーツク」という空港の名前だけは分かった。

グループツアーはどこも多少の束縛があり不自由を感じるが、このツアーは特に、事前には相談などなく、ガイドの決めたとおりに動かされることが多かった。初めて見聞きすることが多く、旅行中は珍しいものを追ってさほど気にならなかったが、あとで振り返ってそう思った。

新しいロシアの制度がまだ整わない時期で、ガイドは古いソ連のやり方を守っていたのだろう。あれから二十数年、ロシアは驚くほど変わった、とその後に行った人たちが言う。

どのように変わっただろうか。

ロシアは変わっても「ウズベキスタン共和国」は「ウズベク」のままのほうがいい、などと勝手な旅行者は思う。

スコットランドの六月

ロッホ　ネス

明け方、ピーィ、ピーィ、と甲高く鳴く声にふっと目が覚める。近くに鳥がたくさんいるらしい。

前日、伊丹―成田―ヒースロー―インバネスと乗り継ぎ乗り続け、疲れたせいか少し飛行機にも酔って気分が悪かった。ヒースローからインバネスの間に出た機内食にも手をつけず、ホテルで用意されていた夕食もとらず、部屋に着くとすぐベッドにもぐりこんだのでよく覚えていないが、インバネス空港の時計が九時だったから、それからバスでホテルに着いたのが十時、ベッドに入ったのは十一時くらいではなかったかと思う。

カーテンの隙間から薄明りが見えているが、腕につけたままの腕時計をその薄明りにすかして見るとまだ三時半。六月のスコットランドは夜明けが早いのだ。もうひと眠り、と目を閉じるとまたすぐ眠りに落ちた。

つぎに目覚めると七時近かった。長旅と時差のせいで調子が狂っているが、八時間くらい眠ったことになる。

すっきりした。

ここはどんな町なのか、と窓から見下ろす。この部屋は二階だ。目の下の道路は中央が往復二車線、その両側にきちんと一台分ずつ白線で区切られた駐車スペース、その外側が歩道になっている。商店の連なる大通りとしては良い考えだ。

両側はくすんだ色の石造りの家が隙間なく建ち並び、通りに面した一階は店や事務所になっていて、アーチ型のドアの上に「ティー」と書かれた店の中は明るく灯がともっているが客の姿は見えない。

建物はほとんどが三階建てで二、三階は住居になっているらしく、カーテンの下りた四角い窓が並び、どの家も屋根の上には煙突が何本も立っている。

子供のころ、サンタクロースは煙突から入ってくると聞いて、

「なぜわざわざ煙突から？」

と不思議だった。そのころ我が家にあった煙突といえば、お風呂についた小さな煙突

だけだったから。

しかしこの家並みを見て納得した。壁が厚く、窓は小さく、その窓をぴっちり閉ざして暮らす北欧の冬では、トナカイの橇で空から来るサンタクロースにとって一番入りやすいのが煙突である。

ルームメイトとなった慶子さんを起こさないように、そーっと動いたつもりだったが彼女はすでに目を覚ましていたようだ。

小柄だが元気な人で、昨夜も私が寝ている間にきちんと夕食を摂ったという。ツアー仲間の中根姉妹は八十四歳と八十二歳なのに、彼女たちもちゃんと夕食に来ていたと聞き、少し恥ずかしい。

慶子さんは、

「お疲れみたいだったけど大丈夫？」

と気遣いながら持参の昆布茶を淹れてくれた。おいしい。たっぷり眠って乗り物酔いもおさまったし、もう大丈夫だ。

このグループは年配者が多く旅程はゆっくりと組んである。初日の今日は長旅の後でもあるので朝食は九時、バスの出発は十時半となっている。それまでに少し町を歩いてみようといっしょに下へ降りた。

窓から見えていた通りとは反対側へ出てみた。ホテルの前はあまり人通りもない広い道だ。横切ってネス川の岸へ出る。

川風がひんやりとして、セーターの上にレインコートを羽織っていてちょうど良い。雲が厚く陽が照らないので、よけいにうすら寒く感じる。

川幅は武庫川より狭いが、中洲も高い土手も無く、水が両岸に溢れそうなほどたっぷりと流れている。

カモメが群れていた。空もそれを映す水も灰色の中で、飛び回る真っ白な姿が愛らしい。明け方しきりに騒いでいたのも彼らだろう。

「カモメってこんなにやかましい声だったかしら」

高い鋭い声だが、神戸須磨海岸の明るい景色の中ではやかましいとは思わなかった。あそこは人も車も多くて全体が騒がしかったからか。慶子さんも、

「きつい声ね。今までこんな風に感じたことはないわ。でも、そう思って聞いても、このカモメの声が特別に高いってことはないみたい」

と言う。彼女は東京の人だから、東京湾のカモメも同じ声で鳴いているのだろう。

すぐ近くにきれいな橋があるので渡ってみる。こちらは住宅街になっていて、目ぼしいものは無いようだが、今まで自分たちのいた向こう岸のホテル周辺がよく見渡せた。ホテルの右側丘の上に古いお城が見えた。お伽話の挿絵のような古城なのでただの遺跡かと思ったが、後で聞いたところによると今もスコットランド州庁や地方裁判所として使われているという。

私たちが渡ってきたネス橋は城のある丘のすぐ足元にある。一九六一年に架けられたというスマートな橋だが、川面からあまり高くなく欄干も低い。この川はきっと穏やかで、あまり洪水を起こしたりしないのだろう。

景色の中で目立つのは丘とその上にある古城だけ。丘の下の川沿いでは私たちが泊まっているカレドニアホテルが一番大きく、付近に税関、博物館、病院などのビルが集まっているが、いずれもあまり大きくはない。古い教会の尖塔が二つ、建物の間に見えていた。

引き返してホテルの周りを歩いてみる。

郵便局があった。筒型の赤いポストと四面ガラス張りの公衆電話ボックスが立っている。局舎の中では新聞や雑誌も売っていて、絵葉書らしいものも見えるので、慶子さん

と、

「入ってみましょうか」

と言い合っていたら、後ろからズボンをサスペンダーで吊った大きなおじさんが来て、ドアを押して入って行った。一緒について入る。

低い棚に並べてあったのはやはり絵葉書だったが二種類しかない。私たちがそれを買っている間に、おじさんは新聞を買うと、何か言いたそうに私たちを見て、でも何も言わずに出て行った。

(どこの人かな)

(言葉が通じないかも)

と言うようにためらっている風情が見えて、なんとなく暖かい感じがした。こちらから話しかければよかったのかもしれない。

慶子さんは、

「私、恥ずかしくてこの大学の卒業生とは言えないくらい」

と謙遜するが、T女子大出だけあって、英語に関しては頼もしいのだ。

スコットランド語はクイーンズイングリッシュとは違うが、片言英語でも話せば通じたと思う。

実はこのツアーはT女子大の同窓会旅行で、参加者は皆英語を話す。

私が仲間に入れてもらったのは、たまたま出発間近にキャンセルが出て、人数が足りなくなり『英語が分かってパスポートを持っている人』を急きょ探すことになって、同じ英会話クラスに通っていたT女子大出の人から声をかけられたのだった。でも、私は英文科どころかそもそも大学という所へ行ったことが無い。英会話クラスに通っていても基礎があやふやだから文法にも発音にも自信が無いのだが、

「いいから、いいから」

と誘われて日程表を見せられた。古城と古戦場巡りだという。以前、ドイツオーストリアの古城めぐりがとても楽しかったので、T女子大出の人たちに混じるのは少し怖かったのだが思い切って入れてもらったのだった。

絵葉書は二枚とも夏の景色で、青い空の下、川に馬を乗り入れる人や、水に腰まで浸かって釣りをする人などが写っている。この川はあまり深くないらしい。川は大きく曲がって木立の向こうへ消えているから、その先は見えないが、地図によればまもなく北海に続くモレー湾に出るはずだ。

インバネスは人口三万あまり、ネッシー見物に訪れる人々のネス湖への玄関口になるので、小さな町にしては賑わっている。

昭和のはじめ、まだ多くの人が日常に和服を着ていたころ、袖が広くて和服の上にも羽織れるインバネスを男の人がよく着ていた。シャーロック・ホームズが着ている、といえば「ああ、あれか」と思う人もいるだろう。祖父が着ていたのを思い出して懐かしく、もしかしたら見られるかしら、と思っていたが、着ている人はもちろん、どこにも、売っても飾ってもいなかった。こちらで流行ったのは十九世紀半ばのことだそうだから、今の日本で侍の姿を期待するようなものだった。

スコットランドの言葉では「川」と「湖」の区別が無くどちらも「ロッホ」なのだという。私たちは見た目で勝手に「ネス湖」から流れ出ている「ネス川」などと言うが、土地の言い方では一続きの「ロッホ　ネス」である。実際にスコットランドの湖はその多くが非常に細長く、地図で見るとスコットランド全体が、古くなってひび割れた餅の、ひびの部分に水が溜まったような形である。氷河期に氷河に削られてできた地形だそうだ。日本でスコットランド民謡として知られる歌の「ロッホ　ローモンド」もそういう湖の一つである。

ネス湖を見る前にコーダ城を見学する。

コーダ城はシェークスピア劇で有名なマクベスの城である。一三七〇年代にこの地方の領主の居城として建てられた。シェークスピアより四百年ほど前のことだ。

マクベスは、シェークスピア劇では、権勢欲が強く自分が領主になるために先王夫妻を殺害した恐ろしい人物となっているが、歴史によれば彼は名君で、領民に慕われていたという。

シェークスピアは何を基にあの劇を書いたのであろう。名前だけを借りたのだとすればとんでもない濡れ衣でマクベスには気の毒な話だ。

城は薄茶色の石を積み上げた四階建てで、両袖に窓が四つだけの二階がついているというこぢんまりした城だ。向かって右に大広間と思われる三階建ての別棟があるが、その他には左側に二—三階建ての小さな建物が不規則に数棟あるだけだ。これは家来たちの家であろう。

周囲には民家が無く、牧場、芝生、花畑、それに森なので、お城はよけいにこぢんまりと見える。

小さな城なのに、入口の上の壁には二匹のライオンが氏族の紋章を支えるエンブレムが誇らしげに掲げられていた。

シェークスピア以来、亡霊が出ると噂され、幽霊屋敷として恐れられていたが、現在は五月から九月まで一般に公開されて内外から多くの観光客が訪れる。

海外から来る人は、私たちのように「マクベス」の名にひかれた物見高い人たちだが、国内からは牧場とお花畑と可愛いお城を見に来るらしい。

ダイニングルームには楕円形のテーブルに十人分ほどの食器が客待ち顔に整えられているが、ここでは食事は出ない。

窓から見下ろすと芝生の向こうにこんもりとした森が見える。

その森の木の枝を頭にかざした兵士たちがむくむくと行進してきて「森が動くはずはない」と油断していたマクベスが恐ろしさに戦意を失ったという話はおどろおどろしいが、この窓から見下ろしたところでは、ここでそんなことが実際に起こりうるとは思えなかった。

本を読んで想像していた場面の方が、よほど迫力がある。シェークスピアと坪内逍遥の筆力であろう。

「六月はいっせいに花開く」

と歌っていた場面は「マイ　フェア　レディ」だったか、「略奪された七人の花嫁」だったか。明るいコーラスが耳によみがえる。

本当にイギリス庭園の六月は色があふれ、そよ風に揺れて「オハナバタケ」とはこんなものかと思わせられた。

フクシア、ルピナス、コスモス、シャクナゲ、アジサイ、さまざまなバラ、その他名も知らぬ花、種類が多いばかりでなく実によく手入れされている。木陰には、目立たぬように猫車を押しながら今も手入れをしている人の姿があった。

牧場は城に付属した飼育場で「まきば」と読むほうがふさわしい。

羊、ウサギ、アヒル、それにこの地方特有の牛—ハイランドキャトルが何頭かずついる。ハイランドキャトルは日本の赤牛より一回り大きく、縮れた茶色の毛がふさふさと生えている。湾曲した長い角があるので、一見怖そうだが性質は大人しく動きもゆったりしている。

低くて粗い木の柵の中で動物たちがくつろいでいるのを眺め、人間ものんびりする場所なのだ。アヒルやウサギは柵の中にいるが、これは柵の中の方が安全で、人間に構われなくてよい、と思っているからのようだった。

キングサリの大木が、名前の通り金色のクサリの花を溢れんばかりにぶら下げていた。ハイランドキャトルも手を伸ばせば触れそうな近くで寝そべったり草を食んだりしている。その周りではコマドリが餌のおこぼれをつつきながら、ちょこちょこと歩き回っていた。

そういえば、この城の正面は中央の屋上に煙突が二本あり、両脇に見張り塔がついていて、それらが耳と角、全体でハイランドキャトルの顔のようだ。恐ろしいマクベスのイメージとは全く違って拍子抜けしたが、別の魅力のあるお城だった。


インバネスとはネスの川口（湖口？）の意だ。モレー湾沿いのコーダ城見学を終えて、再びインバネス近くを通り、ネス川を五キロほど遡ると「川」が「湖」らしくなってきた。といってもネッシーの住む「湖」は長さほぼ四十キロ、幅は平均二キロである。琵琶湖の南北くらいの長さに琵琶湖大橋のかかっている辺りの幅が続いている感じだ。

走っている間に重たい灰色だった空が白っぽくなってきた。青いところさえ見える。

「お天気が良くなってきた」

と喜ぶ日本人たちに、ガイドは、

「ネッシーは荒天によく出るのですよ。こんなにお天気が良くなっては見るのは無理でしょうね」

と気の毒がる。ネス湖では晴れて穏やかな日の方が少ないのだそうだ。

ガイドはお天気が良くなりすぎて私たちは運が悪いと言うが、私たちは初めからネッシーが実在するとは思っていないので、失望もしない。

湖岸は切り立った所が多いが、しばらく走ってやや平らな所でバスが停まった。

平らといっても、規模の大きい棚田のような地形で、呰一つ分くらいの平地が複雑な階段状に連なって湖面へと続き、その狭い平地の一つ一つに建物の跡が残っている。建物は赤茶色の石を切り出して積み上げたもので、崩れて土台だけになっている所が多いが、もとの形をいくらか残しているものもある。

「ここは広いし城跡全体のほぼ中心だから、主の館だったのじゃないかしら。日本で言えば天守閣とか」

と、勝手な想像をして楽しむ私に、

「主の館にしては何の飾りも残っていなくてがらんとした感じね」

慶子さんは現実的だ。

でも、大きなかまどのような物の跡が並んでいる所では、

「ここはきっと炊事場だったのよ」

という私の意見に賛成してくれた。

湖に沿って細長くひらけた草地や、あまり広くはないが頑丈な石垣にぐるりと囲まれた所など変化に富んでいて、全体としてはずいぶん大きな城であったと思われる。

湖に面している所では切り立った崖に守られているので広々と見晴らしがよいが、背後の丘に沿っては高く分厚く泥と石で固められた土塁が続き、出入口はトンネル状になっていて、無断で通れば出口で番兵に槍でも突きつけられそうな雰囲気だ。

湖面に突き出た崖の上に、かなり大きな建物が形を残していた。三階建ての雑居ビルくらいの大きさだ。外から見るとあちこち崩れかけていて危なっかしく見えるが、内部は観光客が昇っても危険が無いように補強されていて、柵や手すりも設置されている。

屋上まで昇ってみた。

向こう岸は近くに見える。

あちらも水際は切り立った崖が多いが、山全体の姿はなだらかだ。あまり高くはないのに木が茂っているのは下半分だけで、上半分は岩石の多い草っ原だ。乾燥と冬の寒さのせいだろう。

この建物の建っている所は湖に突き出た崖の上だから、左右（東西）は目の届く限りよく見える。見張り塔として絶好の場所だ。

視界の更に西の方には丘ひとつへだてた所からロッホ　レニェが大西洋へと延びている。東のインバネスは北海へと開いているから、この二つの湖はスコットランド水路交通の要衝であった。淀川―琵琶湖―敦賀湾の関係である。

それ故に湖岸では群雄――商人たちから見れば海賊（湖賊？）たちがそここここに砦を築いて行き交う船を狙い、税を取り立てたり、荷を奪ったりしていたという。

ウォルター・スコットの「湖上の美人」はこのような湖を舞台にした、白鳥のように美しい姫と若き城主とのロマンであった。

スコットランドには血なまぐさい戦争の物語が数々あるが、無人機が非戦闘員まで殺してしまう現代の戦争とは違う。

小説では敵方の兵士たちの歌声がこちらまで聞こえてくる。

アルパインの後裔の
黒鬼のロデリック
ホウイヨー

ロデリックは姫から見ると敵方の城主だ。

「ややや我こそは……」

と名乗りを上げて戦っていた我が国の源平時代を思わせる。

見張り塔からさらに下る道を辿って湖面へ出ると、船着き場の名残らしい石組みがあった。砦の姫がそこにいたとき、思いがけずロデリックの姿が見え、慌てて逃げた、という場面を思い出す。

慶子さんはこの小説を知らないと言った。残念だ。

スコットは十八世紀の人だが、この物語の舞台はもっとずっと古い時代だと思う。

戦後間もなく、我が家は貧しくて、高校に通うのもやっとだった。高校時代からアルバイトをして、給料をもらうと岩波文庫を一冊買うのが楽しみだった。岩波文庫は背表紙に星のマークがついていて、星一つが幾らという価格表示であった。戦後の激しいインフレの中、たびたび価格表示を変えなくて済むための工夫だったのだろう。星一つの薄い本しか買えなかったが、好きな本を自分で買えるのがうれしかった。白秋、龍之介、チェーホフ、シュトルムなどの短編が買えた。ウォルター・スコットの「湖上の美人」もその一冊であった。次の給料が入るまで繰り返し読んだので思い入れがある。その割には記憶が薄く、何しろ六十年以上前のことだから、と言い訳しておくが、人物の名前をロデリック以外思い出せないし、ストーリーもおぼろげなのが口惜しい。探してみたが、図書館にも本屋にもこの本は無かった。

城跡は区画ごとに崩れた塀や石組みの建物跡がたくさん残っているのに、草ぼうぼうで何の跡も無い一劃があった。牛か羊でも飼われていたのだろうか、牧場にしては狭いが、と見ていたら、どこからか笛の音が聞こえる。牧童の笛？　まさかロデリックの兵士の軍歌？　見回すと、広い城跡のあちこちに散らばっていたツアー仲間が、牧場の羊たちのように笛の音の方へゆっくりと集まっていく。気が付けば間もなく出発の時刻である。

次々と現れる遺跡に興味をひかれて、遠くまで来てしまった。急いで斜面を登る。几帳面な慶子さんは、かなり先にバスの停まっている方へ向かっていた。

バスが見える所まで登ると、笛の音が大きく聞こえた。スコッチスタイルの男性がバグパイプを演奏している。リズミカルで明るくて、それでいてどこか懐かしく物悲しいようなスコットランド民謡が、湖面まで広がっていく。

曲が変わってどこかで聞いたような、と思ったら『藁の中の七面鳥』によく似たメロディだった。アメリカのフォークダンスのあの曲は、もとはここから移住して行った人たちのものだったのかもしれない。

気候がきびしく土地も山がち、その上政治的にも苦労の多かったこの土地からアメリカへ移住した人たちは多いと聞いた。

バグパイバーは、ワイシャツに青のネクタイ、キルト（タータンチェックの男性用スカート）に白のハイソックス。帽子には高い羽飾り、ハイソックスの両膝には赤いポンポンがついている。珍しいのはお腹に提げているバッグ、真っ白な毛皮に金色の口金と鎖がついていて、私たちのハンドバッグよりおしゃれであった。

バグパイプは近くで見ると思っていたより複雑な造りで、長い吹き口、空気を溜める皮袋、音を調節するボタン付きの棹とパイプ、それに大きな房の飾りもついている。

観光バスが停まるとサービスに出てくることになっているようだ。近くに建物らしいものは見えないのに、どこから来るのだろう。

そういえば、

「ネス湖に行ったら、何でもいいからネッシーのかたちのものを買ってきて」

と頼まれていたのに、そんなものを売っていそうな店など一軒も無かった。

バグパイプの演奏を何曲か楽しんでいるうちに出発の時刻となった。

バスに乗り込もうとすると、すぐ前に、

「URQUHART　CASTLE」

と書いた立札があった。CASTLE（キャッスル＝城）は分かるが、上の名が読みにくい。運転手のビルが運転席に座っているので、

「あれ、どう読むの？」

と、聞いてみる。

「オーカート」と「アークハーツ」の間の音に聞こえる。真似して言ってみると、

「ちょっと違う」

と言う。二・三回繰り返してみるがOKが出ない。後から来た人たちも面白がって真

似するがビルは厳しく、

「クハではないQUHAだ」

という。結局、発車するまでに合格した人はいなかった。

後日、日本で、東北地方のドキュメンタリーを見ていた時、土地の人の言葉の中に似た音があった。東北の人ならあの地名が正しく読めてビルを喜ばせたかもしれない。


その夜の宿泊地フォートウィリアムに着いたのは午後五時過ぎだった。ゆっくりと休み時間をとり、夕食はベンネビスが見える別のホテルへ移動する。

ベンネビスはイギリスの最高峰だが、海抜一三四四メートル、富士山の三分の一ほどである。山容も特に目立つものではない。この辺り全体が山がちで、その中の一番高いのがそうだ、と言われて、そうか、と思う。地図で見るとこの辺りの山頂にはたいてい「ベン　ナントカ」と言う名がついている。スコットランドでは山を「ベン」と言うのかもしれない。

この日は観光第一日目だ。見るもの聞くもの珍しかったから、ベンネビスとロッホレニェの見えるダイニングルームでは、食事がすみお茶が無くなっても、なおおしゃべりがはずむ。

ふと誰かが、

「何時？」

という。

十時半だった。

いつまでも夕暮れが終わらない北国の夏である。太陽は山の端に近づいてはいたが、まだ沈んではいなかった。窓際の大きな花瓶に入れられた見事なバラに夕日が当たって朱色に輝いていた。

誰も急かしたりしないけれど、あまり遅くなってはホテルの人たちに迷惑だと、リーダーの戸田さん。

皆、明るさに名残惜しい気持ちと、旅の疲れに眠たくなる気持ちとを感じながら近くの宿泊ホテルへ引き上げた。

ボニープリンス・チャーリー

スコットランドの歴史は、イングランドとの抗争や仲間同士の勢力争いなど複雑で、われわれ外国人には少々勉強しても分かりにくいが、その中でボニープリンス・チャーリー（麗しきチャールズ王子）と呼ばれる半ば伝説化した人物がいる。

一七〇〇年代の人で、日本では江戸中期、大岡越前守が人情裁きをしていたころの人である。若く美しい悲劇の英雄、と言う意味で時代は違うが源義経に似ている。

「ボニー」は「美しい」だが、端麗とか勇壮美とかいうよりは「愛らしい」というニュアンスが強い。「チャーリー」という呼ばれ方にもそんな感じがある。

肖像画を見ると、私たちがイギリス人といえば思い浮かべるエリザベス女王やシャーロックホームズ型の人ではなく、卵型の顔に大きな茶色の瞳、あまり尖っていない鼻にポッテリした唇という、やや東洋人めいた容貌である。

王子はスチュアート王朝最後の王ジェームス二世の孫にあたる。ジェームス二世は、スコットランドでもアイルランドでも王と認められていたのだが、イングランドの国教徒に追われてローマ教皇のもとに逃れ住み、いつかは王位を取り戻したいと思っていた。しかし、彼も、彼の息子のジェームズ・フランシス・エドワードも望みを叶えることはできなかった。

チャールズ王子は二十五歳の時、当時イングランドと敵対していたフランスやアイルランドの助けを得て軍勢を引き連れ、イギリス王位を要求してスコットランドに上陸した。

当時スコットランドでは、イングランドに反感を持つ貴族や豪族の支持者が多く、一時はイングランドの奥深くまで南下してロンドンから一五〇キロのダービーまで攻め入ったが、態勢を整えて反攻に転じたイングランド軍に追われて後退を続け、スコットランド各地を転戦したあとフランスへ向けて逃げ帰った。上陸から敗退まで約一年二か月だった。

彼が去った後、スコットランドはイングランドから非常に厳しい扱いを受けたので、彼の敗退を残念がる人は多く、一度も正式な王位についたことはないのだが「ボニー・プリンス・チャーリー」の愛称とともに「チャールズ三世」とも呼ばれている。

カローディンは王子の軍が最も激しく抵抗し、そして奮戦空しく決定的な敗北をした古戦場である。ゆるやかに起伏するヒースの原で楡やトーヒがまばらに立っている。

「嵐が丘」などスコットランドを舞台とした小説にはよくヒースが出てくる。主人公たちにとっては「ヒースの丘」というのは懐かしく、思い入れのある状景らしいので、どんな草かと思っていたが、一本一本は大きさも草の形もホーキグサに似て、葉はくすんだ灰緑色、あまり美しいとは言えない。しかし、他の雑草が少ないので土地は大方この草に覆われている。春の初めには一斉に花をつけ、丘も原っぱも見渡す限りピンクに染まるのだという。冬が長く春は短い土地だけにその美しさは日本人が桜を想う以上のものだろうと想像された。

周りに人家も見当たらない広い原っぱの一隅に古い家があった。カローディンの戦いのとき王子が本営としたものだというが、外壁はそこらあたりで拾い集めた大小の石を積み上げただけのようだし、入口は小さく低く、屋根はヒースで葺いてあるが軒も棟も切り揃えていないから、かなりのオンボロ小屋に見える。何回も修理され、できるだけ当時のままに保存されているのだという。王子ともいわれる人がこのような所で苦労されたのだということを印象付けるためのように見えた。

この「本営」と少し離れて資料館がある。こちらは白壁の新しい建物なので、「本営」

が余計にみすぼらしく見える。

資料館には、当時の武器、武具、軍装、地図、などが展示されているが、目立つのは大きな壁画である。お互いにすぐ近くで突いたり斬ったりする図はすさまじい。

イングランド兵は揃いの赤い長着に白のゲートル赤帽子で、長い槍を持ち、整然としている。

スコットランド兵はタータンチェックのキルト（男性用膝丈スカート）を着け、家紋を描いた楯を持ち、剣や槍など思い思いの武器を持っている。衣服も武器も様々なので、個性的ではあるが、なんとなく統制がとれていないようにも見える。

一年と二か月の間、このような戦闘ばかりしていたのかと思ったが、他の資料によると戦闘の合間には支持者たちの館でダンスパーティーなどもしていたようだ。

スコットランド中を転戦していたといっても、支持者たちの土地を転々とし、時に反撃もしていたというものらしい。

カロ―ディンの戦いはまた「残忍なカンバーランド公」でも有名である。彼は捕虜や負傷兵に対する扱いがひどかったので「ブッチャー（屠殺者）」という仇名が英国史上に残った。肖像画によれば、乗った馬が可哀そうなくらい肥った人物である。

ボニープリンスは望みを果たせずに逃げ帰り、余生はフランスやローマで送った。衣食に不自由はなかったようだが、決して幸せな生涯とは言えなかったであろう。五十五歳の肖像画には「美しさと魅力は失われ、報われなかった老人がもの悲しげにこちらを見ている」との説明がついている。

グレンコーとブレア城

今朝は八時朝食、九時出発だ。

朝食前に少しその辺を歩いてみる。

この辺りは土に湿り気があるのか、ヒースだけではなく日本の草っ原のように雑草が茂っている。可愛く目立つのは鮮やかな黄色で小さなチューリップのようなバターカップだ。大きなスズランのような白い花もある。「スコットランドの釣鐘草」というのはこの花かもしれない。

バス道路から少し引っ込んだ所の丘のふもとに瀟洒な家がポツポツとあり、それらへ通じる小道には「B&B　九〇〇ポンド」と書かれた小さな札が立っている。「B&B」

は「ベッド・アンド・ブレックファスト」朝食付き一泊民宿である。九〇〇ポンドは当時（一九八九年）のレートで約二〇〇〇円であった。

この道はロッホネスとロッホレニェに沿って走っており、ハイランド（スコットランド北部高地）横断の主要道路なので、道沿いにこういう家がたくさんあり、週末にフィッシングやドライビングでスコットランドホリデーを楽しむ人たちに大変重宝がられている。

朝食後、グレンコーからブレア城に向けて出発。

川岸沿いの道から離れて山道に入ると間もなくグレンコーの古戦場がある。王子とイギリス軍はここでも激しく戦った。

グレンコーは谷といっても狭く険しい谷ではない。なだらかな丘がいくつも連なり、丘の間を縫って浅い川が蛇行する。丘の上部は岩がごつごつしているが、中腹から川岸にかけてはなだらかなヒースの原である。

「荒野のヒースは兵士たちの血で染まり、谷は戦死者の骸で埋まった」

とガイドが説明する。

つわものどもが夢の跡はどこも淋しく物悲しい。戦死した若者たちは、母親や恋人たちの願いも空しく、ヒースの原に冷たく横たわっていたのであろう。

空は雲が低く、うすら寒く、強い谷風に慶子さんの髪が吹き乱れるのを見ているとなおさら暗い気持ちになり、散策に予定されていた時間を切り上げてバスに戻った。ほかの人たちも皆早めに戻ってきた。

グレンコーを過ぎてもなおしばらくは同じような山あいの道をうねうねと辿る。

分水嶺を南へ越えてロッホテイに近づくと雲が切れて青空が見えてきた。

とろりとした、ほとんど流れの無いロッホテイの岸辺の小さな町キーリンでバスが停まった。近くにちょっとした店もある。

以前の旅行で、ガイドが、

「日本からわざわざ大きな荷物を持って来る必要はない。普通の日本人が旅行で行くような所ならたいてい何でも売っている。特に衣類などはその土地の気候に合ったものを現地調達した方が良い」

と言って、自分は本当に小さな荷物しか持っていなかった。

「なるほど」

と思ったので、今度の旅行では荷物は小さめにしている。

この季節のスコットランドは予想していたより寒いので、上に羽織るものをこの町で買った。暗緑色にクリーム色の花模様のブラウスは日本でも着られるだろう。

ロッホテイは上流と下流の幅は広いが、中ほどは細くて流れがある。この細い部分にはガリー川という別名がついている。「サケの川」だそうだ。海からはかなり遠いが鮭が上ってくるのだろう。

キーリークランキーという町で再び小休止。見学予定のブレア城はもうすぐだが、ここで昼食となる。

運転手のビルが、

「おいしい店を知ってるよ。一緒に行く人はいないか」

と呼びかけている。

慶子さんと顔を見合わせてうなずきあい、行ってみることにする。気の合う人がルームメイトでよかった。

ほかにも来る人があるかとしばらく待っていたが、他の人は皆、添乗員についてバスターミナル横のレストランへ行ったので、こちらはビルと私たちとガイドの清水さんの四人となった。

こぢんまりした田舎の食堂だ。

四人掛けのテーブルが五つあり、何人かの先客がいた。清潔なテーブルクロス。絣のような感じの青い服を着た年配の女性が、ゆったりとした動作でしかし行き届いたサービスをしてくれる。

ビルは、

「ここのトマトスープがおいしいんだ」

と言い、清水さんも前に来たことがあって、

「ブラウンサンドがおいしかった」

と言い、ビルも賛成する。

慶子さんは、イギリスの小説によく出てくるスコーンというものを本場で食べてみたかったのだという。

スコーンは丸くて小さい、少し固めのパンである。ビルのおすすめのトマトスープはとろりとして野菜スープにしては濃厚な味。ブラウンサンドのパンは名前の通り薄茶色で原料の小麦から違うのか独特のコクと歯触りがあり、そこに少しだけドレッシングを

かけたハム、卵、野菜がたっぷり入っていた。プルーンとミルクティも丁寧に作られているというお味である。

日本ではイギリスの食事はあまり評判が良くない。林望先生もそんなことを書いておられたし、以前神戸で会ったイギリス人は、

「イギリスのジェントルマンは出された食事に文句を言うことはエチケットに反すると考える。だからイギリスの料理は進歩しない」

と、イギリスの料理がおいしくないことを認めていたが……。

世界で国ごとに比較されるのは高級なお客様向け料理であろう。田舎の小さなレストランの食事は庶民の私には十分おいしかった。

ついでにこの日のホテルの食事を一例として挙げると、

朝、

コーンフレーク
グレープフルーツ
プルーン
バタートースト

紅茶
確かに手のかかった物は何もない。
夕食、
鹿肉のステーキ
鰈のムニエル
洋梨
パン
シャーベット
コーヒー
焼き方やお味は、そんなに悪くはない、というところであった。
ビルは好奇心旺盛で、食事中も日本のことをしきりに知りたがって質問する。教育制度、結婚制度、親子関係、ｅｔｃ……。
日本のことは主に清水さんが説明し、私たちは逆にイギリスのことを尋ねて教えてもらった。
教育制度にはかなり古い制度やしきたりが残っていて、今でも入学する大学には身分による区別のようなものがある、とのこと。

男女関係については、ビルの考えなのかイギリス人全体がそうなのか分からないが、かなり固い感じがした。

テーブルにあった布のナプキンがほぼ正方形なので、しゃべりながら鶴を折ったら、紙より柔らかみがあって鳥らしい感じがした。ビルは私の手元を真剣に見ていたが、出来上がってそっと膨らませテーブルに立てると、

「ワンダフル」

と手を叩いてくれた。

「神戸を知っているか」

と尋ねると、残念ながら日本では東京だけしか知らなかった。

東京だけでも知っていてくれてよかった。私もヨーロッパの小さな国の都市名をいきなり尋ねられて答えられる自信はない。

午後はブレア城を訪ねる。

ここはスコットランドのほぼ中央、東西と南北の陸上交通の要衝にあり、古くは戦略

的にも重要な地点であった。

それにしては穏やかな外観のお城である。

ゆるやかな起伏の続く広い広い草原に、建物はこのお城だけだ。城の塔の上から撮ったパノラマ写真でも人間の目で見える限り、遠くに番小屋のようなものが一戸みえるだけだ。

所々にトーヒ、モミ、カラマツなどのこんもりとした木立が見える。一面草の色と濃緑の木立の中で目立つ暗赤色は赤ブナだ。

英語の「フォレスト」と「ウッズ」はどちらも「森」と訳されるがどう違うのだろう、と長年思っていた。イギリスを旅してみて、ロッホ沿いの低地に広がるような大きな森が「フォレスト」で、この辺りに見られる草原の中の木立が「ウッズ」なのではないかと思う。「木立」という言葉も、このこんもりとしてかなり大きな樹木の塊には本当は不適切で、日本の里山とも違う。「林」というようなまばらなものでもない。

草原の中に低い柵が延々と続いている所があるが、この「ウッズ」にさえぎられて、どうつながっているのか分からない。家畜の姿も無い。

代々の城主により、次々と増築された大きな城なので、たくさんの建物の形や配置などはバラバラだが、どの建物も壁は白、屋根はブルーグレイに統一されているので、全体として調和がとれている。

公開されているのは中央の一番大きな三階建ての内二十八室と、付属のボールルーム(ダンスパーティー用大広間)、宝物館、武器庫、歴史展示室である。

メインの二十八室を見学する。

部屋ごとに「第○代公爵ご愛用の部屋」とか「○○姫の客間」などの説明がある。豪華なカーペット、美しいクロスに覆われ脚に彫刻のある椅子、テーブル、日本製貝象嵌のキャビネット、中国製陶器、分厚いカーテンの下がった天蓋付きの寝台、目まいがしそうなほどこまかく織り込まれたタペストリー、たくさんの肖像画。どの部屋も、これでもかというほどの装飾である。

また、ここにもボニープリンスチャーリーの肖像画があって「お泊まりになった部屋」は大事に保存されていた。

第十代城主アトール公爵は今もこの城の一角にお住まいだ。

中央の、この城全体で一番高い屋上に旗が翻っている。高すぎて模様はよく見えないがユニオンジャックではない。「公爵旗」だろう。多分、本日、公爵様がご在城なのだ。

私ははじめ、このすばらしい数々の部屋を観光客に公開して自身はその一画だけに住むのは不本意ではないか。生活費のためか、などと推測していたのだが豪華すぎる部屋々々を見て回るうち、こういう所よりこぢんまりした片隅の方が住み心地はいいだろうと思えてきた。

我が国の昭和天皇は、

「国民に威厳を示すため赤坂離宮にお住まいになっては」

と勧められたとき、

「あれは人間の住むところではないよ」

と言われたそうだ。

私たちは戦時中、

「天皇は神」

と教えられたが天皇ご自身は「人間」だと思っておられたようだ。キンキラキンの赤坂離宮は確かに毎日そこで生活したい家ではないように見える。西洋に追いつくことを目標とした時代に、英・仏などの城をモデルに作られたのであろう。

城の中にも周りにも観光客がたくさん来ているが、とにかく広いのでまばらにしか見えない。

あまり時間は無かったが、クジャクの遊ぶ庭を散策し、ここでも実演してくれるバグパイプを何曲か聞き、城の雰囲気を壊さぬよう木立の陰に隠されているバスへ帰った。

できることなら本物の公爵様にお目にかかりたいものだと思ったが、公爵も家族もこの広く複雑な城のどの辺りに住んでいるのか、家来（今は従業員か）なども全く気配もしない。といってもお顔も知らないのだから、もしかしたら、庭のあちこちでクジャクと一緒に写真を撮ったりブナの木陰を歩いたりしている観光客の中にまぎれておられたかもしれない。


再びガリー川沿いの道へ出て南下する。ヒースやエニシダが茂る野原、トーヒやモミの森、それらを切り拓いた牧場がある。斜面の草地には真っ白い羊と顔だけ黒い羊が草を食んでいる。顔の黒い羊は真っ白な羊より賢いのだそうだ。

いかめしい建物の横に「ダンケルドハウス」と言う看板があった。これが「ハウス」かと思ったがそれは「門」だったらしい。

バスはシャクナゲやブナの林の中の道を走る。木隠れにこれも遺跡かと思うような家が何軒か見える。昔ここが貴族の邸であった頃、家来たちが住んでいた家で、今もホテルの従業員の住宅だそうだ。石造りの家は長く保つものだ。

時々、道にウサギがいて、バスが近づくと跳ねて逃げる。ピーターラビットのような灰色の小さなウサギだ。バスは彼らに気を付けてゆっくり走る。

ダンケルドハウスは古城として見学に来たわけではない。城ではなく貴族の館であった。今はホテルに改装されていて、私たちは今夜ここに泊まる。

「ハウス」は大樹の茂る森の中に形よく配置された三階建てで、九十二室あるそうだ。正面の入口から入ると広いロビーがあり、吹き抜けになっている。正面にはどっしりとしたドアが幾つもあって、どのドアから入れば二階へ行けるのか分からない。曲者が侵入したとき、簡単には二階へ行けないように、そして二階からはすぐに侵入者が見下ろせるようにできているのだった。

館の脇は駐車場になっていて、何台もの車が停まっているのが、古い建物と不思議に調和している。

朝、外へ出てみた。庭先、といえるようなすぐ近くを清らかな水がサラサラと流れている。テイ川（ガリー川）だ。川底は石と砂利で鮭の産卵にはよい川だと思えた。

スターリング城

なだらかな丘陵が起伏する中にひときわ目立って高いごつごつした丘が一つ、スターリング城はこの小山の上にある、というよりは、小山全体を砦として固めた城である。城の南の、現在バスターミナルになっている広場は、攻めてきた敵が城からの砲火に身をさらさなくては城壁に取り付けないよう、広々として何もない。周囲の切り立った崖から一か所、溶岩が流れ出したような形に長く伸びている石畳の坂を登り、厚い城壁を貫いた通路をくぐり抜けると四角く囲まれた場所に出る。これは日本の城にもある、侵入してきた敵を戸惑わせるための溜まり場である。まわりは高い石垣であるが、右手に小さな入口がある。この通路もやはり厚い壁の中のトンネルであるが、これを通り抜けるとやっと城門が見える。城門は両側に巨大な石の円柱があり、その上からは見張りも狙撃もできるようになっている。城門の両側はまたしても高く厚い城壁がある。ここ迄に通った二重のトンネル通路は、今は観光客のために開けてあるが、それぞれ鉄の扉と鉄格子がついている。昔は武装した番兵がいたのであろう。

これだけ厳重に守られた岩山の最上部に王宮がある。

王宮は壁も、窓も、煙突でさえ重厚な彫刻で飾られている。窓の外に並んだたくさんの彫刻は飾りだと言うが、石壁から水平に突き出した等身より大きな人間の上半身はなんだか気味悪く、美しいとは思えなかった。

広間や階段の踊り場にはこれまたたくさんの彫像や肖像画があるが「おや」と思ったのは、ここにもボニープリンスチャーリーの大きな肖像画があったことだ。プリンスはスコットランドでは本当に敬愛されていたのだ。

王宮の周りもしっかりと頑丈な石垣に囲まれているが、その外側は大きな段々畑のように、不定形の城壁に囲まれた広場が幾つかある。各段ごとに兵舎、武器庫、厩舎などがあり、北側のやや広い所は練兵場らしい。

現在はすべて観光客に公開されているが、大きな城なので観光ルートが何種類か定められている。例えば王の家族の居住部分だけ、とか、ホールや客間も見る、とか、外側の兵舎、厩舎、火薬庫、砲台も巡るなど。城壁が分厚いのでその上を散策するコースもある。そこからは西に遠くロッホローモンドをめぐる山々が望めるそうだ。

私たちはバスターミナルからトンネルのような通路をくぐり、中庭を通って王の居住部分とそれに連なる部屋々々を見ただけだったが、ガイドがこんな話をしてくれた。

いつの時代か、城の中で勢力争いがあり、王妃が出産したとき、生まれた子が男児なら殺される怖れがあった。忠実な下女が生まれた男児を籠に入れ、紐で吊るして窓から下ろし、下で家来が受け取って乳母が育てたという。

またここはイングランドとの抗争や王家の相続争いにたびたび巻き込まれ、メアリ・スチュアートの戴冠式や、その王子の洗礼式もここで行われたのだが、その宮殿も豪華なチャペルも、度重なる火災や戦乱のため今は残っていない。

丘の麓の西側には庶民の小さな家が集まり、南西側の低地には貴族のものらしい墓石がたくさん建ち並んでいた。

スコットランド古城めぐりは残念ながらこれでおしまいになった。

最大のお城として楽しみにしていたエジンバラ城が翌日からの例年祭の準備で立ち入りできなかったのだ。

私たちは城の広場いっぱいに組立工事中のパレード見物用桟敷を横目に見て、いつかまた来ることを楽しみに、次の観光地アイルランドへ向かった。

アイルランドは荒々しい古戦場めぐりではない。おいしいビール「ギネス」を飲んで、緑のクローバーの中にいまも居ると信じられている「妖精」を訪ねる。

すみれいろの瞳

上流で雨が降ったらしく、アムール川は茶色く濁っていた。

「青くてきれいな日もあるのに」

敦子を窓側に座らせたアレクセイが、敦子の肩越しに川を見ながら残念がる。

瀬戸内海の連絡船ほどの大きさの船は、対岸のダーチャ（個人の農園）へ行く人たちでいっぱいだった。ハバロフスク市は大河アムールの東岸にあり、ダーチャがあるのは本当は対岸ではなく広大な中洲の一角である。

母親のイリーナが少し離れた席からこちらを見てほほ笑んでいる。ジーパンにセーターとジャンパーという服装がとても若々しくて、十九歳のアレクセイの母親には見えない。

彼女の膝の上には大きなシャムネコが乗っている。猫は「ピヨートル」という大帝にちなんだ勇ましい名前に似合わずおとなしい。丸くみはった目がイリーナと同じ灰青色だ。父親のニコライは昨夜、友達の誕生パーティーでウォッカを飲み過ぎて二日酔いでまだ寝ているらしい。

ハバロフスクの中央波止場から一時間ほどで、船は、川岸に砂利の溜まった所に舳先をザザッと突っ込んで停まった。すぐに簡単なタラップが下ろされる。アレクセイは、先に渡って砂地に飛び降りると、敦子に手を差し出した。

「ありがとう」

彼の手に体重を預けるようにしてとび降りる。彼は母親にも手を貸すと、重そうな荷物を全部自分が持ち、先に立って歩きだした。

「五分くらい歩くけど、すぐそこだ」

付近は広々とした平地で、約五百平方メートルに整然と区画された農園であった。それぞれの区画に持ち主が自分で家を建てている。トタン屋根、板壁にペンキ塗りの素人造りだが、形も色もさまざまで、その個性が楽しい。今一番手前に見えている家は、急な傾斜の屋根も壁も濃い緑色に統一して、窓の枠だけが白く塗られていた。

同じ船から降りた三十人くらいの人たちは、別れ道に来る度に一人減り二人減り、何人か連れ立って一つの農園に入って行くものありで、とうとう三人だけになった。

「アリョーシャ（アレクセイの愛称）、あなた、小学校で時計の見方を習わなくちゃいけないわ、ほら、船を降りてから何分たってる？」

敦子が腕時計を突き出して見せると、アレクセイはちょっと白けた顔をした。十五分ほど経ってはいるが、ここではああいう言い方は普通なのに、言い過ぎたかな、と思う。

九月、日本ではまだ残暑きびしいころだが、この辺りでは「トーポリ」という白樺に似た樹木が黄一色に染まり、「黄金の秋」といわれている。

黄色い林の中を広い舗装道路が通っているが、車は一台も走っていない。さらに十分ほど歩くと、急に林がひらけて八区画のダーチャがあらわれた。奥から三番目が彼らのものだった。

ピョートルは小道に入ると、急に身をもがいてイリーナのふところからとび出し、有刺鉄線の柵の下をくぐって、よその家のキャベツ畑へもぐりこんでいった。

「以前はこんなことをしなくてもよかったんだけど、最近は農作物まで盗むひとがいて……」

イリーナは言いながら、有刺鉄線の柵にとりつけた木戸の南京錠をあけ、さらに家の扉のカギを開けて、敦子を中へ案内した。

家は三十平方メートルくらいの二階建てで、地味な切り妻造り、色も全体に茶色だが、壁は薄い茶色、屋根や窓枠、ベランダの手摺りなどは焦げ茶色でアクセントがつけてあった。階下は二つに仕切られ、入ったところは土間で、農具と作物置き場、奥の部屋は床を張ってテーブルと椅子とベッドが一つずつ置いてある。家も家具もすべて手作りである。今日は二日酔いで寝ているというニコライも、酔っていない時はけっこう働くのだろう。

まだ階段ができていないので、ハシゴで二階へ上がる。二階はワンルームでベッドが三つあった。ベランダもまだ枠を組んだだけで、そこへは出られない。

冬、アムール川が凍結しても車や橇で渡って来てこちらに泊まる人もいるが、うちは窓も二重にしていないし、暖炉も未完成だから、いまのところ夏場だけの作業小屋だ、とイリーナは言った。

アレクセイが掘ったジャガイモを敦子がカゴに集めて持っていくと、イリーナは組立式のストーブを外へ持ちだし、煙突を立てて火をおこしていた。

軒下に一立方メートルほどの鉄の箱があって、下の方に蛇口がついている。イリーナはその水でジャガイモを洗い、板切れを見つけてきて並べた。箱には屋根に降った雨が溜まるように樋がつけてあり、二、三日前に降った雨で箱はいっぱいだったが、水面には虫の死骸が浮き、底には枯れ葉が沈んでいた。敦子は、淀川の水を塩素で消毒したものよりよほど良い水だ、と自分を納得させ、虫の死骸をつまんで捨てた。

アレクセイがニンジンを掘り終えて、

「ママ、キノコを探してくるよ」

と裏手の林へ入って行く。敦子はジャガイモむきを手伝おうとしたが、ナイフが一本しかないのでアレクセイの後を追った。

林の中は、日本の冬至のころのように低い日差しが樹木の影を長く伸ばしている。トーポリもポプラも日本の木々に比べると、葉の付き方がまばらで葉の色もうすい。明るい黄色の枝や葉越しに、空の青色が濃く見えた。

「山の方にはこんな林がどこまでも続くところがあってね、僕らはピオネールで雪の中の山仕事に行ったよ。狼や熊がいるところだ」

「襲ってきたりはしないの？」

「狼は数が少ないから、まあ出てこない。熊と出会わないためにわざわざ寒中に仕事をするんだ。奴ら、穴の中でぐっすり寝てるよ。こうやって起こしでもしないかぎりね」

アレクセイは、雪をかきわけて穴の中の熊を揺り起こすしぐさをして敦子を笑わせた。

灌木のひとむらの横の日陰に白くて丸いキノコが一本生えていた。

「こういうふうに採るんだよ」

根元に指を添えて、そっと引き抜いてみせる。足元を注意深く見ながら歩いて、アレクセイはまたキノコを見つけた。続いてもう一本。

「ほら、そこに」

と言われると、真っ白くて大人のこぶしほどもあるキノコは、よく目立って見失いようもないのに、白っぽい木漏れ日が乾いた落ち葉にちらちらと動いている林の中では、敦子独りでは見つけられないのだった。

林が尽きると川に出た。さっき、船から遠くに見えていたアムール川の岸辺だった。楊（やなぎ）の木が根元を流水に削られ、四、五本連なって川の中に倒れ込んでいる。土は洗い流されて楊は大きな根株を上向きに晒しているが、倒れたのは昨日か今朝のことらしく、水の上にでている枝や葉はまだ青々としていた。

もっとよく見ようとそちらへ近づきかけたが、

「アツコ！」

思わず体がすくむほどの大声に踏みとどまると、

「危ないなあ」

言われてみれば、すでに地面がゆるんで割れ目のできているところもあるのだった。

「あんなところに近づいたら、足元が崩れて川に飲み込まれてしまうよ」

神戸の街の中で生まれ育った敦子は、大自然の恐ろしさに注意が足りない。

「ロシアで暮らすにはロシアの知恵が要るんだ」

アレクセイは、見ていられない、というように右手で敦子の肩をつかんで引き戻すと、それに左手も添え、敦子の体を揺さぶった。

「そして、君には僕が」

驚いて見上げると、いきなり、

「ねえ、僕たち、結婚しよう」

と言った。

イリーナ親子は、ハバロフスク市内の敦子が住む家の家主であった。一階上の住人でもある。

敦子がハバロフスクの高校に日本語教師の職を得たものの住む家が無くて困っていたとき、校長の、

「日本人に部屋を貸してくれる人はいませんか」

という呼びかけに応じて「おばあちゃんの家」を提供してくれたのが彼らだった。いなかに住むイリーナの老母を引き取るため、市の住宅委員会に申し込んで確保したのだが、母親はまだ元気で当分田舎暮らしをする気らしいので、そこを利用してよい、と言ってくれたのである。

ニコライやイリーナは、敦子を親戚の娘のようにあつかい、友達のパーティーや親類の集まりにもいつも呼んでくれた。部屋代も格安である。日本人は金持ちだから、と、価格を吊り上げる者が多い中で、これは有り難かった。

敦子はアレクセイを見た。冗談ではないらしい。

白い額、上向きにカールした金色のまつげ、大きな青い目、引き締まった薄い唇。

――なんという美少年だろう――

と、遠くから見とれていたこともある顔だったが、二十六歳の常識が恋愛感情を持つことを遮っていた。

年齢差、人種の違い、国籍の違い、不安定なロシアの社会、経済情勢。何よりも人形のように可愛いロシア少女たちからもてもてのアレクセイが、日本人男性から一度も美しいと言ってもらったことのない敦子と、本気で結婚したがるとは思えなかった。

それでも青い大きな瞳に間近で「結婚しよう」と迫られると、まぶしくて息がつまりそうだった。

「アツコ!」

アレクセイはもう一度名を呼ぶと、敦子の首を抱きすくめ、声を上げて泣き出した。

「泣かないで、ねえ、アリョーシャ」

やさしく肩を叩きながら、ロシア人の結婚申し込みは日本人のそれとは違うのだ、と思っていた。敦子はロシアに来てから、結婚しよう、と言われて断ったことが何回かあったが、男たちは断られてもあまり傷ついたようすではないので、ほっとすると同時に少し物足りない気持ちがすることもあったのだ。しかし、抱きついて泣かれたのは始めてだったので戸惑った。

「考えて見るわ。考えておくから泣かないで」

アレクセイは敦子を離した。青い目は泣くと血の色がうすく滲んですみれ色になる。彼は背が高く、肩幅も広く、女性をエスコートすることが巧みなので、敦子はふと年上のように錯覚することもあったが、自分の言葉に自分で感動して泣きじゃくったすみれ色の瞳は、やはりとても幼く見えた。

彼はしばらく歩くうちに元気を取り戻し、帰りの林の中でもう一本キノコを見つけた。敦子は「考えておく」と言ったことを反省していた。それは非常に日本的な言葉である。アレクセイは敦子が考えるのを真剣に待つかもしれない。できるだけ早く、はっきりと、考える余地は無いことを告げなくてはならない、と思った。


イリーナはストーブに鍋をかけてジャガイモを煮ていた。火が通ったところで別にぶつ切りのチキンをバターでいためぐつぐついっているジャガイモのうえにのせ、さらに煮込んだ。

足元は粗板を並べただけだが手摺りはちょっとしゃれた格子に組んであるテラスにテーブルを運びだし、アレクセイが途中で買ったライ麦パンを切った。バターを五ミリ厚さに塗った上にイクラを山盛りにのせる。イリーナは、市場で黒いイクラ（キャビア）を買おうとした時、敦子が「赤いイクラの方が好きだ」と言ったので、「せっかく高価なほうでおもてなししようとしたのに」というように残念そうな顔をした。イクラはここではキログラム単位で買うのだ。木の花の香りのする蜂蜜もたっぷりあった。

「ペーチャ！」（ピョートルの愛称）

「ペーチャ！」

イリーナとアレクセイが交互に呼ぶと、ヒマワリ畑の中からシャム猫が姿をあらわした。ピョートルはチキンの固まりをもらうと、熱いのか前足で二、三回引っくり返してから食べ始めた。猫がおいしそうにかじるのを、親子はちょっと目を合わせ、ほほ笑んで見ていた。

「アリョーシャは未成年だからあげない」

イリーナはそう言いながらも三つのグラスにワインを注いだ。敦子が一杯飲む間に、軽く何杯も空けながら

「この子はねえ、アルコールにだらしがないの。この間もパーティーで飲み過ぎたのよ。年上のしっかりした人と結婚して押さえておいてもらわなくては」

などと言う。

ハチミツにハチが寄ってくる。黄金色の髪は軽くて、林越しに吹いてくる川風に乱れがちだ。こんなにたくさんの量の食事をこんなに気持ち良く食べたのは久しぶりだった。

アレクセイが収穫物をリュックや袋に詰める間に、イリーナは食事の後片付けと火の始末をする。敦子はトウモロコシとキャベツを集めた。ここの朝顔は浜昼顔のように小さな花だが、花の色が今日の空の色に似ている。いつか神戸の家の庭に蒔いてみようと種を採った。


「ペーチャ!」

「ペーチャ!」

「ペーチャ!」

敦子もいっしょに呼んでいるのに、今度は帰ってこない。

「どうしよう、いつも呼べば帰ってくるのに」

まもなく帰りの船の時刻だった。

「さっき、たしかこっちへ行ったよね」

アレクセイは林のほうへ探しに行った。

「あと十分の内に帰ってくれば走って船に間に合う。アツコ先に行って」

イリーナはそう言いながら、十分経っても帰って来なかった時のために、一度閉めた小屋の戸を開け、毛布を集めて猫が中で寝られるような丸いくぼみを作った。餌になるようなものが残っていないかとリュックの中をかきまわした。

敦子は、彼らが長い脚で走りだしたら到底ついていけそうもないので、悪いな、と思いながら道へ出た。と、道の向こうからピョートルが背を丸くして走って来るのが見えた。

「帰って来たよー」

大声で教えてから捉えようとしたが、ピョートルは敦子の手をすりぬけてイリーナのところへ走って行った。イリーナは扉にふたたび鍵をかけながら、林にむかって、

「アリョーシャー、いたよー」

と叫び、アレクセイの姿が見えると
「アツコ、かまわずに急ぎなさい。時間がない。彼は必ずおいつくから」

今度はこちらへ大声で言い、猫を抱き上げると自分も走って来た。アレクセイは、収

穫物を詰め込んだ重いリュックを背負い、両手にも大きな袋を持ちながら、すごい速さで追いついて来た。彼はちょっと得意げで、そして満足そうだった。その時、敦子は、この人たちが心から敦子を家族に迎えてもいいと思っていることを、全身で感じた。

イリーナたちが親切なのは、黒い目や黒い髪が珍しいからか、または経済大国日本への憧れなのだろう、と思っていたが、それは大変失礼なことだし、自分に対しても卑屈だった、と思った。愛さえあれば年齢も国籍も問題にならない、などとは思わないが、考えてみる余地ぐらいはありそうだった。

陽がさらに低くなり、差し込む光が無数の金色の矢となってトーポリの葉をきらめかせる中を、三人は船着き場へ急いだ。

「こら、心配させて！」

アレクセイが親指を立ててピヨートルをおどし、イリーナは猫をかばって抱きしめた。

敦子は、早急にきっぱりと断ることは少し延ばしておこう、と思った。

もうほとんどの人が乗り込んでいた船は、三人が乗るとまもなく岸を離れた。平たい地面はみるみる遠ざかり、一筋の枯れ草色の線になってしまう。さっきまで金色の光を放っていた夕陽が、黄土色の波を朱色に染めて、沈むところだった。

森　榮枝（もり・さかえ）
1932　東京市大森区（東京都大田区）に生まれる
1952　長崎民友新聞社学芸部記者
1984〜1992　文芸同人誌「ひのき」編集責任者
1986　朝日新聞「ひととき会」代表
1987　「かけ出し電車」作家賞入選
1989　「モルダウ川のさざ波」ブルーメール賞受賞
1994　「すみれ色の瞳」神戸新聞文芸小説部門入選
1996　兵庫県日本ロシア協会理事
2000　『夏子の声』（編集工房ノア）
2000　大阪女性文芸協会理事
2007　神戸エルマール文学賞基金委員会理事
2009　『ミカン水の歌』（編集工房ノア）
2012　『麦わら帽子』（編集工房ノア）
〒655-0011　神戸市垂水区千鳥が丘1丁目14-41

亜那鳥《あなとり》さん
二〇一五年三月一日発行
著　者　森　榮枝
発行者　涸沢純平
発行所　株式会社編集工房ノア
〒五三一―〇〇七一
大阪市北区中津三―一七―五
電話〇六（六三七三）三六四一
FAX〇六（六三七三）三六四二
振替〇〇九四〇―七―三〇六四五七
組版　株式会社四国写研
印刷製本　亜細亜印刷株式会社

ISBN978-4-89271-222-7

麦わら帽子

森　榮枝

生き死に血縁関係とか逃れようのないことに悠揚として迫らぬおおらかな距離感。戦中戦後を生きてきた死生感（湯本香樹実氏評「読売新聞」）。二〇〇〇円

ミカン水の歌

森　榮枝

昭和12年夫をアカの嫌疑で逮捕された妻。昭和20年従兄を戦へ見送った少女。昭和25年長崎地方新聞かけ出し記者のわたし。時代の相貌。二〇〇〇円

夏子の声

森　榮枝

「夏子が自分で動いたんですか？　自分で？」。交通事故による3カ月の意識不明から、夏子は奇跡的に甦る。感動のドキュメント小説。一九〇〇円

雷の子

島　京子

古代の女王の生まれ代わりか、異端の女優の奔放な生と性を描く表題作。独得の人間観察と描写。名篇「母子幻想」「渇不飲盗泉水」収載。二二〇〇円

書いたものは残る

島　京子

忘れ得ぬ人々　富士正晴、島尾敏雄、高橋和巳、山田稔、ＶＩＫＩＮＧの仲間達。随筆教室の英《はな》ちゃん。忘れ得ぬ日々を書き残す精神の形見。二〇〇〇円

竹林童子　失せにけり

島　京子

竹林童子とは、富士正晴。身近な女性作家が、昭和二十五年の出会いから晩年まで、富士の存在と文学、魅力を捉える。一八二五円

表示は本体価格

コーマルタン界隈　山田　稔

パリ街裏のたたずまい、さまざまな住人たち。孤独を影のようにひきながら暮らす異邦の人々、異邦の私。街と人が息づく時のささやき。　二〇〇〇円

マビヨン通りの店　山田　稔

ついに時めくことのなかった作家たち、敬愛する師と先輩によせるさまざまな思い――〈死者をこの世に呼びもどす〉ことにはげむ文のわざ。　二〇〇〇円

わが敗走　杉山　平一

〔ノア叢書14〕盛時は三千人いた父と共に経営する工場の経営が傾く。給料遅配、手形不渡り、電車賃にも事欠く、経営者の孤独な闘いの姿。　一八四五円

巡航船　杉山　平一

名篇『ミラボー橋』他自選詩文集。青春の回顧や、家庭内の幸不幸、身辺の実人生が、行とどいた眼光で、確かめられてゐる（三好達治序文）。　二五〇〇円

象の消えた動物園　鶴見　俊輔

私の目標は、平和をめざして、もうろくするということです。もっとひろく、しなやかに、多元に開く。2005～2011最新時代批評集成。　二五〇〇円

軽みの死者　富士　正晴

吉川幸次郎、久坂葉子の母、柴野方彦、大山定一、竹内好、高安国世、橋本峰雄他、有縁の人々の死を描く、生死を超えた実存の世界。　一六〇〇円

始めから そこにいる人々
小島 輝正
べ平連、平和運動の原点から、同人雑誌、アラゴン、サルトルまで、個の視点、無名性の誠心で貫かれた昏迷の時代への形見。未刊行エッセイ。一八〇〇円

野の牝鶏
大塚 滋
第1回神戸ナビール文学賞 海軍兵学校から復員した少年と、牝鶏との不思議な友情・哀惜の意味するもの。受賞作「野の牝鶏」他。二〇〇〇円

異人さんの讃美歌
庄野 至
明治の英語青年だった父の夢。兄、潤三に別れを告げに飛んできた小鳥たち。彫刻家のおじさん。夜汽車の女子高生。いとしき人々の歌声。二〇〇〇円

幸せな群島
竹内 和夫
同人雑誌五十年 青春のガリ版雑誌からVIKING同人、長年の新聞同人誌評担当など五十年の同人雑誌人生の時代と仲間史。二三〇〇円

余生返上
大谷 晃一
「私の悲嘆と立ち直りを容赦なく描いて見よう」。徹底した取材追求で、独自の評伝文学を築いた著者が、妻の死、自らの90歳に取材する。二〇〇〇円

神戸
東 秀三
神戸に生まれ育った著者が、灘五郷から明石まで、神戸を歩く。街と人、歴史風景、さまざまな著者の思いが交錯する。神戸っ子の神戸紀行。一八二五円

夜がらすの記

川崎　彰彦

売れない小説家の私は、妻子と別居、学生アパートで文筆と酒の日々を送る。ついには脳内出血で倒れるまでを描く連作短篇集。　一八〇〇円

残影の記

三輪　正道

福井、富山、湖国、京都、大阪、神戸、すまじき思いの宮仕えの転地を、文学と酒を友とし過ぎた日々。人と情景が明滅する酔夢行文学第四集。　二〇〇〇円

広場の見える窓

天野　律子

若くはない、だが老いてはいない。五十歳前後の夫婦の何かがずれていく感覚。別居、離婚、家族。微妙な変化を掬いとる。女と男の八編。　二〇〇〇円

インディゴの空

島田勢津子

インディゴブルーに秘められた創作の苦悩と祈り。「おとうと」の死の哀切。障害者作業所パティシエへの私の想い。心の情景を重ねる七編。　二〇〇〇円

善意通訳

田中ひな子

シューベルト「軍隊行進曲」で少女は兵隊さんを戦場に送る。進駐軍家族のパーティーでピアノを弾き後には善意通訳も。戦後変奏曲。　二〇〇〇円

源郷のアジア

佐伯　敏光

インド・中国雲南・マレーシア3紀行　私たちはどこで生まれ、どこを歩いて来たか。中国山地の生地から遠いはるかな血と精神を索める旅。　一九〇〇円

正之の老後設計　三田地　智

全編を貫いて、すばやく見えてくるのは、知力、行動力を合わせ持った女性たちの颯爽とした姿である。独特の確固とした形（島京子氏評）。　二〇〇〇円

その日の久坂葉子　柏木　薫

伝説の作家久坂葉子の最後の日。「太宰治と私」石上玄一郎先生の思い出。小豆島の四季。戦争の時代の惨禍。青春の愛と哀。鎮魂の譜。　二〇〇〇円

くぐってもいいですか　舟生　芳美

第11回神戸ナビール文学賞　あたしのうち壊れそうなんです。少女の祈りと二十歳の倦怠。天賦の感性と観察で描き出す独特の作品世界。　一九〇〇円

飴色の窓　野元　正

第3回神戸エルマール文学賞　中年男人生の惑い。アメリカ国境青年の旅。未婚の母と娘。震災で娘を亡くした女性の葛藤。さまざまな彷徨。　二〇〇〇円

衝海町《つくみまち》　神盛　敬一

第4回神戸エルマール文学賞　少年を主人公とした純度の高い力作4編。悲しみを抱いて未来を切り開く。汽笛する魂の「ふるさと」少年像。　二〇〇〇円

イージス艦がやって来る　森口　透

青島《チンタオ》の生家訪問、苦学生時代、会社員時代の海外出張、総領事館員時代の執務。時代を経て来た「日常的出来事」の中に、潜み流れるもの。　一九〇〇円